散落星河的記憶

第一部 迷失 上

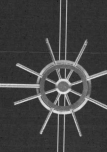

桐華 著

目錄

Chapter 0

楔子

我苦澀地說：「我有選擇嗎？一邊是死亡，一邊只是嫁人，不管嫁的人再醜陋不堪、窮凶極惡，都至少保住了命。」

我是誰？

我從哪裡來？

我要去哪裡？

據說，這三個問題是哲學家關於生命的終極思考，從古地球的西元紀年一直思考到星際時代的星雲紀年，依舊沒有答案。

如果，只按照字面意義，一般人還是可以輕鬆地回答這三個問題，但是，一身囚衣、站在法庭上、做為軍事重犯的我，無法回答。

六天前，在一片稀疏枯黃的灌木叢中，我睜開了眼睛。

穿著髒兮兮的長裙，站在荒原上，眺望著茫茫四野，腦子裡一片空白，竟然什麼都想不起來。

不知道自己是誰，不知道自己從哪裡來，更不知道自己要去哪裡。

「喂——」

「有人嗎——」

我一遍遍用力大叫，可除了風吹過灌木叢的嗚嗚聲，再沒有其他聲音，就好像天地間只剩下我一個。

我隨便選了一個方向，茫然惶恐地走著，希望能看到一個人。

但是，走了整整三天三夜，沒有遇見一個人。

我又累又餓，又恐懼又絕望，突然，看到不遠處的山坡上有一株蘋果樹，樹幹嶙峋、枝葉枯黃，卻結了幾個紅豔豔的果實。

我跌跌撞撞地衝過去，摘下蘋果，狼吞虎嚥地吃起來。

剛剛吃下半個蘋果，頭頂傳來轟鳴聲。

循聲望去，一艘飛艇停在半空，全副武裝的士兵舉槍對準我。

我嘴裡咬著還剩下的一半蘋果，手裡拿著另一個蘋果，舉起了手。

因為盜竊基因罪，我被關進了監獄。

據說那株蘋果樹是來自古地球的品種，基因十分珍貴。阿爾帝國特意模仿古地球的生態環境，把G9737衛星建造成基因研究基地，專門研究古生物基因，是帝國的科研重地，守衛十分森嚴。

鑑於「人贓俱獲」，我只能認罪。

如果只是盜竊基因罪，大概判刑一百多年，和人類平均三百多歲的壽命相比，不算是令人絕望的懲罰。

但是，我還沒有身分。

阿爾帝國的公民一出生就會做基因檢測，獲得屬於自己的身分碼，一枚小小的晶片，可植入肌膚，也可以放在自己隨身攜帶的個人終端機裡。讀書、工作、生活，甚至移民其他星國，都需要這枚身分晶片，但我身上卻沒有任何可以識別身分的東西。

法官下令為我做一個基礎基因檢測，用來查找我的身分。

最終，帝國智腦提供的搜索結果是：查無此人。

一個根本不應該存在於阿爾帝國星域內的人，竟然出現在堪比軍事禁地的科研重地中，合理的解釋是什麼？

我的身分從不知名的帝國公民變成了用非法手段祕密潛入科研禁地的他國間諜，罪名從盜竊基因罪變成了危害帝國安全罪。

「……根據所犯罪行，本庭宣判對非法潛入G9737基地的無名女士執行第七七七條刑罰，不刺激心理恐懼、不引發生理不適、終止所有生命特徵……」

我反應遲了一瞬，才明白宣判結果是「無痛死刑」。

基於眼前的事實，這應該算是一個公允的人道主義審判，但是，做為即將被處死的當事人，我覺得很冤枉。

＊　＊　＊

獄警押著我走進一個房間，不是這幾天待的囚室。米色的房間裡擺放著幾盆綠色植物，中間有一張小小的餐桌，上面放著熱氣騰騰的飯菜，顯得十分溫馨。

一個穿著白色軍醫制服的英俊男人，很紳士地展了展手，表示邀請，「妳好，我是穆醫生，這是為妳準備的晚飯，希望妳喜歡。」

我一言不發地坐到餐桌前，埋頭苦吃。

味同嚼蠟，根本不知道吃進嘴裡的是什麼味道。想到十幾個小時後，我即將被執行「無痛死刑」，而我連自己究竟是誰都不知道，不禁悲從中來，眼淚不受控制地滾滾而落。

穆醫生走過來，坐在我的對面。

也許心裡太過難受，我忍不住傾訴道：「我真的只是太餓了，想吃兩個蘋果，根本不知道它那麼珍稀。」

「妳認識它叫蘋果，卻不知道它很珍稀？」穆醫生嘴角含著嘲諷的笑。

我擦著眼淚，不知道該怎麼回答。連著幾天的審判，我已經知道偷吃的蘋果在市面上根本看不見，現在被叫做蘋果的水果，和古蘋果的樣子差異很大。某種意義上，我偷吃的蘋果算是古生物，不是研究古生物學的人，壓根不可能認識。

穆醫生身體前傾，目光灼灼地看著我，「妳是誰，怎麼潛進基地的，目的是什麼，我不關心，我來是和妳做一個交易。」

我困惑地問：「你到底是誰？」

他微微一笑，慢悠悠地說：「穆醫生，負責執行妳的死刑，確保行刑過程不刺激妳心理恐懼，不引發妳生理不適。」

我不自禁地打了個寒戰，「什麼交易？」

「我保住妳的命，妳代替我的女朋友嫁給她的未婚夫。」

他的女朋友的未婚夫，不就是他嗎？他要我嫁給他？

我震驚地看著穆醫生，穆醫生不悅地皺眉。

我反應過來：未婚夫並不是男朋友！這不就是典型的「女朋友結婚了，新郎不是我」的戲碼嗎？

「好！成交！」絕處逢生，我生怕他反悔，一口答應。

穆醫生說：「妳不需要瞭解一下情況再做決定嗎？」

我苦澀地說：「我有選擇嗎？一邊是死亡，一邊只是嫁人，不管嫁的人再醜陋不堪、窮凶極惡，都至少保住了命。」

穆醫生風度翩翩地站起，伸出手。

我禮貌地握住他的手。「合作愉快！」正要縮回手時，穆醫生猛地一用力，抓住了我。

「如果妳敢欺騙我，我終止妳生命的方式一定不是無痛的。」他眼神犀利、語氣森寒，幾乎要捏斷我的手。

我忍著鑽心的疼痛，努力用最真誠的表情看著他，「所謂合作愉快就是你遵守契約，我也遵守契約。」

穆醫生面色緩和，正式地握了握我的手，「合作愉快！」

我連夜看完穆醫生留下的資料後，終於明白了自己將要面臨的情況。
穆醫生的女朋友叫洛倫，是阿爾帝國英仙皇室的公主。
在幾個月前爭奪資源星的戰役中，阿爾帝國輸給了奧丁聯邦，請求停戰。
奧丁聯邦同意停戰，並且願意讓出一顆資源星給阿爾帝國，條件是阿爾帝國將一位公主嫁給奧丁聯邦的公爵。阿爾帝國已經無力再戰，只能接受「共建聯邦和帝國友好未來」的「合理提議」。
奧丁聯邦是由七個自治區和一個中央行政區組成的聯邦共和國，雖然建國歷史不長，卻是星際內威名赫赫的軍事大國，和歷史源遠流長的阿爾帝國聯姻，也算門當戶對。
但是，奧丁聯邦在星際內是一個非常特殊的存在，全星際沒有一個人相信這次的聯姻真的只是「共建聯邦和帝國的友好未來」。

人類在古地球時代就在研究基因，最早是把各種植物基因雜交，用來獲取產量更多、味道更好的果實。漸漸地，基因研究從植物轉向動物，甚至人類，只不過礙於各種法律和道德的限制，研究一直十分節制。
隨著地球的環境惡化、能源枯竭，人類不得不走向星際。
生死存亡時刻，基因研究的大門被徹底打開，人類為了獲取更強壯的體魄、更強大的力量、更多的生存機會，對自己的基因進行了改造。

古地球時代，流行過整容，而在星際初期，流行的是修基因。

人類從剛開始的將信將疑到後來廣泛接受，各種修改基因的機構應運而生，鼓勵大家透過適度的修改基因，去獲得美貌、力量、健康，甚至壽命。

隨著時間流逝，各種修改過的基因彼此交融，誕生了後代，後代又誕生後代，潛藏在基因內的問題漸漸浮現，人類才發現基因修改在增加生存機會的同時，也帶來了一些毀滅性的問題——基因的穩定性變差了，一個身體強壯、無病無痛的人會突然因為基因紊亂而生怪病；人類的生育率減少，繁衍後代變得艱難。

人類開始懷念最天然的基因，各個星國的政府制定了嚴格的法令，禁止修改人類基因的手術。那些因為融合其他物種基因而獲得異常力量的人群，被叫做「攜帶異種基因的人類」，遭受到越來越嚴重的排斥。尤其是那些外在體貌和人類有異的族群，被輕蔑地叫做「異種」，壓根不被當做人類對待，只能從事一些最危險、最低賤的工作。

六百多年前，一些無法忍受的「異種」們反抗了，他們宣布獨立，成立了屬於自己的政府和軍隊，即現在奧丁聯邦的中央行政區。隨後，星星之火成燎原之勢，兩百多年的戰火紛飛中，陸陸續續又有七支大的異種反抗軍成立。

因為同為「異種」，根本利益一致，奧丁聯邦的第一任執政官又是個驚才絕豔的人物，七支反抗軍的首領宣誓服從執政官的統一指揮，七個自治區和中央行政區組成了奧丁聯邦，一個「異種」統治的強大星國誕生。

在全宇宙一百多個大大小小的星國中，奧丁聯邦神祕、強勢，不但影響整個星際的格局，還影響所有星國對待「異種」的態度，讓他們至少維持著表面的尊重。

與之相反，阿爾帝國歷史悠久，英仙皇室的血脈源自古地球的東方族群，在漫長的星際開拓時代，因為保守和驕傲，幸運地保持了基因的純粹。因為稀少的「純天然、無汙染」基因，是全星際最受歡迎的婚配基因。

根據阿爾帝國政客們的分析，奧丁聯邦「求娶」阿爾帝國的公主，自然不是英雄思美人，而是完全衝著公主的基因來的；他們應該是想藉由研究公主的基因，修補自己的基因。

任何一個正常的女人都不願嫁給「異種」，更別說還會成為科學怪人手裡的切片研究物。阿爾帝國的公主們紛紛想盡辦法逃避，最後，性格溫婉的洛倫公主不幸被選中了。

不幸公主的萬幸就是有一個好男人，願意不惜一切為她謀畫，擺脫不幸的命運，而我……也算借洛倫公主的光吧！

無論如何，做一棵被圈養研究的蘋果樹，總比人道毀滅強！

＊　＊　＊

清晨，獄警把我帶到死刑執行室。

帶著面罩、穿著白色工作服的穆醫生已經準備好一切，正在等待我。

我看著各種閃爍著金屬光澤的冰冷器械，心底滿是緊張恐懼。眾目睽睽下，穆醫生真的有辦法救我嗎？

獄警示意我躺到死刑床上去。

死亡就在眼前，可是，我還有太多的疑問和不甘心……我祈求地看向穆醫生。躺下去後，究竟是結束，還是新生？

冰冷的面罩遮住了他的面容，也遮住了他的表情，這一刻，他像是傳說中毫不留情收割人類性命的死神。

「請妳配合，這樣大家才能合作愉快。」穆醫生說話的重音落在了「合作愉快」上。

我慢慢鎮靜下來，平躺到床上，盯著天藍色的屋頂。

據說人在臨死時，會想起自己的一生，可我一生的記憶只有七天。在等待死亡時，我腦海裡一直迴響著法庭上法官的質問。

「妳是誰？」

「妳究竟是怎麼潛入G9737基地的？」

「妳有同夥嗎？」

「……」

頸部恍若被蚊蟲叮咬般的刺痛了一下後，我失去了意識。

＊　＊　＊

再次睜開眼睛時，我已經是洛倫公主，正在往奧丁聯邦的飛船上，穆醫生是隨行的軍隊醫生。

據說，因為洛倫公主極度恐懼出嫁，竟然使用了毀容的幼稚手段去反抗，結果阿爾帝國的皇帝命人把她敲暈，直接打包送上飛船。

反正路途漫漫，在到達奧丁聯邦前，醫生有足夠的時間把她的臉修補好。

現在的整型手術完全可以把我變成洛倫公主，但穆醫生不喜歡我用他愛的女人的臉，讓我保留了自己的臉。

對外宣稱洛倫公主傷心痛苦下要求改變容貌，整型成我現在的樣子。

可以大大方方用自己的臉冒充公主，我喜出望外。畢竟我失去了記憶，又丟失了身分，我的外貌已經是我和過去唯一的聯繫了。

「洛倫公主在哪裡？」我好奇地問。

穆醫生警告地看著我，「妳就是洛倫公主，至於……她會是誰，不是妳應該關心的問題。」

我是洛倫公主，我是洛倫公主……我默默地催眠著自己。

突然，我想起一件事。

洛倫公主是稀少的純天然基因，我卻來歷不明，一個簡單的基因檢測就會露餡。人盡皆知奧丁聯邦是為了公主的基因才求娶公主的，就算我想盡辦法拖延，也拖延不了多久。

我小心翼翼地問：「奧丁聯邦是想用公主的基因做研究，那當他們發現我是假的後，會怎麼處置我？」

「妳的基因很純粹，完全符合他們的要求。」穆醫生的目光古怪，似乎也很納悶，「只要妳不犯錯，沒有人起疑，特意去檢測妳和阿爾皇室的血緣關係，妳可以永遠都是洛倫公主。」

我震驚地瞪著他，完全沒想到自己的基因居然也是稀有品種。

「看樣子妳真的對自己一無所知。」穆醫生自嘲地笑，「如果不是妳的基因特殊，我何必冒險救妳？」

是啊！如果不是我基因特殊，穆醫生根本沒必要找我；以他的手段，想找個女人冒充公主，易如反掌。

穆醫生說：「我已經保住了妳的命。」

我鄭重地向他行了一禮，「謝謝你的救命之恩，我會履行自己的承諾。」

＊＊＊

我裝作心情不好，整日躲在房間裡，每天只肯見穆醫生。

在他的幫助下，我開始學習做一位公主。

慶幸的是洛倫公主是一個存在感很低的人，父親在她七歲時意外去世，母親在她還沒成年時病逝，身為堂叔的皇帝對她完全不關注，她也很少拋頭露面，一直安安靜靜的讀書生活。除了從小照顧她的侍女，外人對她的印象幾乎為零。

因為洛倫公主幼稚的抗婚行為，她的皇帝堂叔怕她繼續胡鬧出醜，根本沒允許她的侍女上飛船，所有護送她的人都是陌生人，根本不會真正關心她。

穆醫生說：「只要妳表現得不要太離譜，就不會露餡。即使有人留意到妳的言行和以前不一樣，也可以藉口受了刺激，性情大變，掩飾過去。」

我虛心受教，表示明白。

一個月後，我的學習得到穆醫生的肯定，算是成功地變成了公主。

穆醫生不再督促我學習，我的閒暇時間突然增多。

我覺得應該趁機認真思索一下如何應對未來的命運，可是，記憶一片空白，什麼都想不出來。

面前的虛擬螢幕上顯示著奧丁聯邦的資料，我無意識地在上面畫了無數個「？」。

每個人都是根據過去的記憶和經驗，做出未來的選擇——追尋自己所喜，迴避自己所厭；靠近溫暖，遠離傷害。

但是我，沒有記憶，也沒有情感。不知道自己喜歡什麼，也不知道自己討厭什麼；不知道自己愛誰，也不知道誰愛自己。

一個沒有過去的人，該如何選擇未來呢？

正在胡思亂想時，警報聲響起，船長通知大家：「遭遇星際海盜，準備戰鬥！請非戰鬥人員保持鎮定，待在船艙內的安全座椅上，扣好安全帶，不要隨意走動。」

星際海盜？

只是意外嗎？

我一邊琢磨，一邊快速地坐在安全座椅上，扣好安全帶。

飛船飛行得很平穩，連一絲顛簸都沒有，看來只是小規模的戰鬥。

一個小時後，艙門打開，飛船上軍銜最高的約瑟將軍走了進來，「公主！」

我解開安全帶，站起來，禮貌地打招呼：「將軍。」

約瑟將軍神情肅穆地說：「星際海盜已逃走，但穆醫生的醫療隊在搶救傷患時，不幸遇難。」

「其他人呢？」

「其他人都安全。」

約瑟將軍敬了個禮後，匆匆離開。

我默默地站著。

穆醫生帶著洛倫公主離開了。他很清楚不管是阿爾帝國，還是奧丁聯邦，都有太多雙眼睛盯著，消失的最佳地點就是兩國勢力都薄弱的旅途中間。

從此，星際內多了一對甜蜜的戀人，而我……

就是洛倫公主了。

我的目光投向窗外。

浩瀚的太空中，有萬千星辰在閃耀。

我不知道自己的過去在哪顆星球，也不知道自己的未來在哪顆星球。

但是，有朝一日，我希望能像公主和穆醫生一樣，即使太空浩瀚、星辰萬千，依舊清楚地知道自己的方向。

Chapter 1

異星婚禮

在各式各樣的目光中，她的手固執地伸著，臉上的笑顯得很輕飄，像是水中月影，似乎輕輕一碰，就會隨著漣漪的盪起而碎掉，但又會隨著漣漪的平復依舊存在。

一個陽光明媚的早上，飛船抵達了奧丁聯邦的中央行政星——阿麗卡塔星。

在侍女清越和清初的精心打扮下，洛倫公主戴著璀璨的公主王冠，穿著蓬蓬裙、水晶鞋，渾身上下珠光寶氣，像是一個包裝精美、會移動的人形禮物。

艙門緩緩打開，兩排身著筆挺制服的軍人站在艙門兩側，列隊歡迎。

約瑟將軍禮貌地彎身，請公主先行，「殿下。」

洛倫微微一笑，走向艙門，心中滿是緊張期待，當然不是因為即將見到她的未婚夫，而是因為那個未知的世界。

她睜開眼睛時，在G9737科研基地，四野荒涼，沒有人煙；好不容易見到人時，立即被抓進監獄，除了冰冷的囚室，就是肅穆的法庭；一閉眼、一睜眼，又到了完全封閉的飛船上。

基地、監獄、飛船，構成了她對世界的全部認識；外面的世界、普通人類生活的世界，她還一無所知。

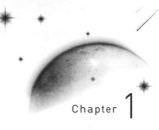

站在艙門外，洛倫深吸口氣，抬眼看向四周。剎那間，一切排山倒海、呼嘯著呈現在她面前——

起起落落的飛船、忙忙碌碌的機器人、飛奔疾馳的飛車、形狀各異的房屋……

她力持鎮靜，慢慢地向前走去，表面上高貴冷豔，內心卻不停地切換著各種瘋魔的表情，啊？哇！咦？哦……

清越似乎怒氣衝衝地抱怨著什麼，但洛倫現在就像是一個鄉下土包子突然進了城，不對，比那個更刺激，像是一個從沒有出過屋子的孩子突然拉開門，驚訝興奮地看著整個世界。所見、所聞，都新鮮有趣，壓根顧不上聽她們說什麼。

暈暈乎乎地上了飛車，聽到清越臉色難看地和約瑟將軍交談，洛倫才明白，原來她的未婚夫壓根沒有出現，迎接他們的人只是幾個普通官員。

清越氣惱地說著：「太過分了！他們把我們阿爾帝國的公主當什麼？太過分了……」

洛倫不知道什麼反應才是正確的，索性垂目靜坐，雙手交握放在膝上，面無表情、保持沉默。

幸好，沒有多久就到達目的地——斯拜達宮，奧丁聯邦政要們生活的區域。

洛倫剛鬆了口氣，發現清越的臉色更難看了，連一直不動聲色的約瑟將軍，也不高興地皺起了眉頭。

她順著他們的視線看去，發現站在飛車外迎接他們的人稀稀落落，有的耳朵尖尖，有的眼睛是豎瞳，還有一個甚至長著一條長長的尾巴，漫不經心地搖來搖去。

原來這就是攜帶異種基因的人類啊！

根據穆醫生給她的資料，阿爾帝國也有這些外在體貌變異，和人類不同的人，但他們一出生就會接受各種整形手術，把異常修復，很少有成年人會毫不掩飾地展露自己的異形。

不過，明知道這裡是奧丁聯邦，見多識廣的約瑟將軍應該不是為這個生氣，而是因為他們中間沒有一個像是公爵的大人物吧！

一個身板筆挺、耳朵尖尖的老者上前，含著客氣疏遠的笑，對洛倫說：「公主殿下，一路辛苦。我叫安達，是斯拜達宮的總管。」

她還沒開口，身後的約瑟將軍故作驚訝地說：「怎麼沒有見到公爵？難道奧丁還保持著傳說中的古老禮儀，新郎和新娘在婚禮前不能見面？」

安達的笑容驟然消失，腰板挺得更筆直了，冷冰冰地說：「公主，請隨我來。」

洛倫默默地往前走。

緊隨身後的清越譏笑著說：「奧丁能有什麼禮儀？一群野蠻的……」

約瑟將軍咳嗽一聲，把清越將要出口的兩個字擋了回去。

洛倫心裡暗歎口氣。約瑟將軍敢綿裡藏針的諷刺奧丁解氣，一是奧丁怠慢在先，二是他的任務只是護送公主到奧丁，很快就可以返回阿爾，不怕得罪他們。但是，清越卻要留在奧丁，言行未免太魯莽了。不過，聰明伶俐的侍女也不可能被選中送來奧丁，她們和公主算是同病相憐吧！

安達領著他們在恢宏的大殿裡走了一會兒，停在一扇深褐色的大門前。整扇門用木頭做成，四周雕刻著纏枝月桂，中間是一個咆哮的獅子頭。

安達微微彎身，客氣地說：「公爵們在裡面，公主要進去嗎？」

洛倫琢磨著「公爵們」三個字，沒有立即回答。

安達不知道在哪裡輕輕按了一下，兩扇大門緩緩打開。

幽深寬廣的房間裡，什麼傢俱都沒有，只放著一張碩大的橢圓形長桌，桌子邊坐著六個風姿各異的男人，明媚的陽光從兩側的長窗射入，恰恰籠罩在他們身上，為他們鍍上了一層薄薄的金色光暈。

六個男人應該都按照公爵的著裝要求一絲不苟地打扮過：雪白的襯衣、修身的雙排扣禮服、筆挺的褲子、鋥亮的長靴，甚至佩戴著復古式樣的鐳射劍，可以說衣著隆重、儀態完美。但是，現在的他們就像是不吃不睡地打了三天三夜的架，還是沒打贏的那種，每個人的衣服都皺巴巴的，有的甚至被鐳射劍劃破。

大門打開的一瞬，他們正劍拔弩張地對峙著。

洛倫剛往裡走了一步，就發現四周流動著駭人的力量，似乎再前進一步，整個人就會被碾壓成碎末。她立即狼狽地後退，一到門外，壓迫感就消失了，看來這道大門別有玄機，將一切都拘束在裡面。

顯然，這裡並不是會客廳，毫無疑問，安達是故意的。

洛倫摸不準他究竟想做什麼，索性安靜地站著，透過敞開的大門打量著裡頭的「公爵們」。

奧丁聯邦有七個自治區，共有七位公爵，其中一位是女性，看來剩下的六位公爵都在這裡。

哪一位是要迎娶她的公爵呢？

突然，一個五官英挺、氣質冷峻的男子率先發動攻擊，霎時間，六個人都動了手。

因為動作太快，洛倫只看見無數虛影在晃動。

看來這不是一場友誼賽，體能稍差點、動作稍慢點，只怕就要橫著出門了，難怪房間這麼大，卻除了桌椅，什麼傢俱都沒有。

突然，通訊儀發出嘀嘀的蜂鳴聲，房間裡的混戰立即結束，六個男人像是什麼都沒有發生過一樣，神情自若地坐在椅子上。

一個虛擬的立體人像出現在屋子裡，「阿爾帝國的公主應該就要到了，你們還沒決定誰娶她嗎？」

通訊儀的成像範圍應該只限房間裡，所以說話的男子沒有看到門外的公主。他站在原始星的荒原上，穿著黑色的作戰服、戴著黑色的頭盔，看不到面貌，但作戰服上斑駁的血跡，沒有溫度的語氣，清楚地表明了他的心情。

洛倫想，能用這樣的口氣對六位公爵說話的人，只能是奧丁聯邦現任的執政官了。

一個五官俊美、氣質風流的男子把修長的腿架在桌子上，打著哈欠、懶洋洋地說：「打了三天三夜，分不出勝負，你說該怎麼辦？」

清越輕輕地拽了拽洛倫公主的衣服，衝著她得意地笑：原來，不是刻意怠慢她們，而是為了誰能娶到阿爾帝國的公主，搶得不可開交。

洛倫隱隱覺得事情似乎不是清越想的那樣，回了她一個微笑，繼續默默旁觀。

執政官冷冷說：「你們再不決定，我就隨意指定了！」

之前說話的美貌男子摸著下巴，笑瞇瞇地說：「誰打贏了誰娶公主，可一直分不出勝負。既然這樣就不用憑實力了。」

「那憑什麼？難道憑誰倒楣嗎？」

「對！」

男子手一翻，拿出六張看上去一模一樣的卡牌，笑瞇瞇地詢問：「抽籤？」

其他五個男人沉默，發現竟然無力反駁，可不就是誰倒楣誰娶嘛！

最先發動攻擊的氣質冷峻的男人冷冷開口，一錘定音：「抽籤！」

話音剛落，六張一模一樣的卡牌飛向天空，六個男人拳來腳往，各憑手段去抓取自己想要的牌。

看到他們已經找到解決方案，執政官說：「想要婚姻和諧，就斯文點，給公主留個好印象。」說話時，他左腿隨意地踢向後側，把一頭撲過來的三米多高的猛獸踹飛出去，右手從下往上揮過，把一隻突然偷襲的利齒鳥直接劈成兩半，內臟爆開、血肉四濺。

通訊儀的影像品質太好，一切栩栩如生得好像就發生在眼前，洛倫覺得腸胃有點不適，正考慮要不要離開，他已經中斷了通訊，虛擬的人像消失，那些血淋淋的腸子、肚子也消失不見。

洛倫身旁的清越一言不發，乾脆俐落地暈了過去，也不知道是氣的，還是嚇的。

洛倫愣了愣，考慮到真正的洛倫公主的性格，為了不露餡，立即決定裝暈。她眼睛一閉，往地上倒去，為了效果逼真，沒敢用力，半邊身子摔得麻嗖嗖的疼。她暗暗決定，回頭要好好練習一下暈倒，找對角度摔，才不至於這麼受罪。

一個奧丁聯邦的女侍過來查看公主，對安達說：「嚇暈了。」語氣中含有一絲鄙夷。

她正準備攙扶公主，熱烈的鼓掌聲、喝采聲傳來，不禁停下了動作。

「恭喜！恭喜！新郎……」

看來比誰倒楣的抽籤有了結果，洛倫立即豎起耳朵偷聽。

六個男人抽籤，肯定是五人歡喜、一人悲。顯然，那五個人都不介意往另一個人的傷口上撒鹽，把自己的愉快建立在他人的痛苦上。

洛倫對誰娶她完全不在乎，只希望那個倒楣蛋不要把痛苦發洩到她身上來。

嘻嘻哈哈，幸災樂禍的「恭喜」聲中，六個男人向外走來，無可避免地看到了姿勢怪異地躺在地上的女人。

安達上前恭敬地解釋：「公主殿下很著急想見公爵，我就自作主張帶她來這裡等，沒想到她被嚇暈了過去。」

愉悅的笑鬧聲突然消失，落針可聞的靜默，然後——

一雙腳淡漠地跨過她的身體，離開了。

又一雙腳淡漠地跨過她的身體，離開了。

一雙、一雙、又一雙……

洛倫鬱悶地想，原來暈倒不僅要選對角度，還要選對地點；如果暈倒在門口，就會被人跨。

等到六個男人揚長而去後，安達吩咐「送公主回客房休息」，洛倫立即鬆了口氣——終於不用繼續躺在冰冷的地上了。

＊＊＊

洛倫借著裝昏，小睡了一覺。

醒來後，清越幫她帶來最新消息：即將娶她的「倒楣蛋」是辰砂公爵，就是那位出手最快、表情最冷、最後拍板說抽籤的傢伙。

洛倫覺得倒楣的不僅僅是辰砂，還有她。

雖然早知道六個男人沒一個好惹，但這位可是不好惹裡面的不好惹啊！

根據穆醫生給她的資料，辰砂公爵是奧丁聯邦軍隊的指揮官，主管聯邦的星際防衛，是星際間赫赫有名的戰爭機器。

他性格冷漠、手段強硬，自從二十六歲開始指揮戰役，迄今為止，未有一次敗仗，最新的紀錄是幾個月前把阿爾帝國打得落花流水。

幸虧她不是真公主，否則就這一點，只怕「夫妻」間已經有了嫌隙。

清越像隻憤怒的小母雞一般，漲紅著臉，憤怒地說：「竟然抽籤決定新郎！豈有此理！簡直是豈有此理……」

洛倫憂鬱地對著手指，默默地想：的確是豈有此理！

說好的珍稀基因待遇呢？她可是一心奔著來做蘋果樹的，就算沒有眾星拱月，至少也應該把她好好圈養起來，精心投餵和照顧，花言巧語地哄騙她配合研究吧！

和阿爾帝國的那株蘋果樹相比，她覺得自己做人好失敗！

．

清越看她一直不吭聲，不甘地問：「公主不生氣嗎？」

「啊……當然生氣了！我只是……」洛倫絞盡腦汁地轉移話題，「有個問題想不通。」

「什麼？」

洛倫小小聲地說：「不是說他們都是異種生物基因攜帶者嗎？怎麼好像一個比一個好看呢？」

「看人絕對不能看外表！隨便動個手術，想要多美就有多美，外表都是假的！只有內在的基因才最重要，內在！內在美才是一切……」清越憂心忡忡，生怕公主被美色所騙，絮絮叨叨地說個不停，不再糾結公主沒有和她同仇敵愾。

＊　＊　＊

第二天，洛倫公主和辰砂公爵在斯拜達宮的紀念堂舉行了婚禮。

儀式氣氛很嚴肅，沒有邀請賓客，也沒有邀請媒體，只有兩國代表觀禮。

洛倫公主和辰砂公爵並肩站在一起，面對智腦的記錄儀，在一份電子檔上按下手印、簽署基因簽名，同意與對方結為夫妻。

約瑟將軍代表阿爾帝國致辭，祝兩國友誼長存。

紫宴公爵，就是那位容貌俊美，拿出卡牌、提議抽籤定新郎的傢伙，代表奧丁聯邦致辭，祝新人和諧美滿。

沒有人要洛倫和辰砂發言，估計兩邊都知道這樁婚姻是多麼的「和諧」，一個自毀容貌，一個無奈抽籤，大家為了防止「美滿」露餡，默契地讓他們倆只做背景道具。

洛倫表面呆若木雞，實則興致勃勃地觀賞自己的婚禮。原諒一個土包子沒見過世面的舉動吧！她按照阿爾帝國的古老傳統，穿著白色的婚紗，手裡拿著一束新娘捧花。身邊的男人一襲軍裝，上身是鑲嵌著金色肩章和綬帶的紅色軍服，下身是黑色軍褲，站得筆挺，自始至終面無表情、一言不發，像一座冰山一樣渾身散發著冷氣，硬生生地把熱烈喜慶的紅色穿出了冷漠肅殺感。

洛倫覺得他不用換衣服，就可以直接去參加葬禮了。

婚禮的最後，按照儀式，約瑟將軍代表阿爾帝國收回了洛倫公主的個人終端機，紫宴公爵代表奧丁聯邦授予她一個代表新身分的個人終端機，意味著從今天開始，阿爾帝國的洛倫公主變成了奧丁聯邦的辰砂公爵夫人。

新的個人終端機是只鏤刻玫瑰花的紅寶石手鐲，十分精緻美麗，洛倫美滋滋地把它戴到手上。

個人終端機一旦啟動，就會進行綁定，只有自己可以使用。身分證明、資訊通訊、資料查詢、消遣娛樂、金融帳戶、地圖定位、健康監控……一切日常生活所需都在個人終端機裡，可以說，在星際社會，沒有個人終端機，簡直寸步難行。

之前，她一直假模假樣地戴著洛倫公主的個人終端機，其實完全用不了，現在終於有了自己能真正使用的個人終端機。

她愉悅地想，這個婚禮沒有白參加！

＊　＊　＊

婚禮結束後，約瑟將軍迫不及待地辭行，紫宴公爵順水推舟，兩人談笑晏晏地確定了歸程。一個小時後。

洛倫站在太空港，面帶微笑，送約瑟將軍啟程返回阿爾帝國。

當飛船升空時，清越和清初失聲痛哭，似乎真正意識到她們永遠得待在另一個星球，而那顆她們出生長大的星球，隔著浩瀚的星辰，遙遠得恐怕這一生都再也觸碰不到。

任何時刻，哭聲都不會像笑聲那樣受歡迎，如果聽者不能感同身受，只會招惹厭煩和輕視。

奧丁的官員明顯流露出不耐煩的表情，向站在洛倫身旁的辰砂請示：「指揮官，回去嗎？」

辰砂用行動做了回答，轉身就走，大步流星。

洛倫下意識地跟在他身後，腳步卻越來越慢。少女的哭聲像是一條看不見的藤蔓，漸漸地纏住她的腳，不知不覺中，她停了下來。

本來，她覺得自己只是個假公主，心理上一直有一種置身事外感，但在她們悲傷無助的哭聲中，她突然意識到，這兩個女孩不是因為她來到這裡，卻是因為她留在這裡。滾滾而落的淚水，不僅僅是傷心留不住的過去，更多的只怕是在恐懼看不清的未來，就像她一樣。她也恐懼害怕未來，只是她不能哭，因為她沒有可以留戀的過去，只能咬著牙往前走。

辰砂已經上了飛車，隔著窗戶看向洛倫，立即有人催促：「夫人，指揮官在等您。」

洛倫裝作沒聽見，轉身走向仍然在悲傷哭泣的清越和清初。

她們不安地擦眼淚，努力想控制自己的情緒。

清越哽咽著說：「我們失禮了。」

洛倫微笑著伸出手，清越下意識地握住她的手，眼中滿是困惑不解，「公主？」

洛倫說：「我們在一起。」

清越愣愣地看了她一會兒，突然間，破涕為笑，用另一隻手拉住清初的手，「別怕，公主和我們在一起呢！」

「嗯。」清初一邊擦著眼角的淚，一邊用力點點頭，像是在給自己打氣。

洛倫對清初微微一笑，轉身離去。

紫宴站在路中間，瞇著桃花眼，笑嘻嘻地打量她。

洛倫有些心虛。這位也不是好惹的主，看上去貌美如花、風流多情，實際出了名的心狠手辣、翻臉無情。他是奧丁聯邦資訊安全部的部長，負責聯邦的情報收集和安全，直白的解釋，就是間諜頭子。

洛倫立即檢討剛才的言行——和自己的侍女說一句話，握一下手，沒有什麼不妥。她維持著木然的表情，目不斜視地從紫宴身邊走過。

到了飛車前，洛倫正要上去，聽到辰砂冷冷說：「請公主記住，我不會等妳。」突然間，車門關閉，飛車拔地而起，呼嘯離去。

洛倫目瞪口呆，傻在當場。雖早已預料到他脾氣差，但沒想到這麼糟糕！

在眾人譏嘲的目光中，洛倫茫然四顧。

說實話，她完全不在意人盡皆知她「婚姻不幸」，只是……她該怎麼回去？

「公主！」紫宴站在自己的飛車邊叫。

她詢問地看向他，紫宴風度翩翩的展手，做了個請的姿勢，笑瞇瞇地說：「不介意的話，我車上還有空位。」

洛倫急忙走過去，上了飛車，感激地說：「謝謝！」

紫宴笑著說：「公主別介意，辰砂只是有點刻板。只要遵守他的行事規則，不難相處。」

洛倫不想和一個陌生男人討論「婚姻相處之道」，含糊地說：「明白了。」

紫宴指間夾著一張亮晶晶的紫色卡牌，轉來轉去地把玩，正是昨天他們用來抽籤的卡牌。他的動作時快時慢，非常隨性，那張牌像是長在了他手上，不管五個指頭如何翻動，卡牌始終在他手指間。

昨天距離遠，沒有看到正面，現在才發現是一張塔羅牌，不知道是用什麼材質做成的，薄薄一片，如寶石一般光華璀璨，上面刻著的死神隨著轉動，好像要跳躍出來。

洛倫讚歎地說：「好漂亮的塔羅牌。」

紫宴看了她一眼，食指和中指夾著牌，笑瞇瞇地問：「認識這個圖案嗎？」

洛倫腦內警鈴大作，似曾相識的場景——當她站在審判席上，法官也曾指著蘋果的圖像，循循善誘地問「認識這是什麼嗎」。

「不認識。」洛倫抱歉地笑了笑，「只是偶然在一本書裡看過，說是塔羅牌。」

「公主涉獵很廣，竟然知道這麼古老的遊戲。」紫宴微笑著收回牌。

洛倫納悶地想：難道以前的她是研究古代史的？

也許可以找一些這方面的文獻資料看看，說不定能回憶起什麼。

之後的行程，兩人各懷心事，一路無話，很快就到達斯拜達宮。

洛倫再次向紫宴道謝後，下了飛車。

回到自己的住處，脫婚紗、準備洗澡時，她後知後覺地意識到一件事：她和辰砂已經正式結為夫妻，那麼按照常理，是不是應該睡在一起？

看著面前的床，想像自己和他躺在一張床上的畫面，洛倫立即覺得整個人都不對勁了！人類都進化了這麼多年，怎麼就沒有進化成無性繁殖呢？

* * *

晚上，在斯拜達宮的宴會廳舉行晚宴，為辰砂公爵和洛倫公主慶賀新婚。

據說是紫宴提議的，洛倫對此人算是有了初步認識，完全就是一個四處搧風點火，唯恐天下不亂的主。

清越鼓動她不要去參加晚宴，擺擺架子，給奧丁那些傲慢無禮的傢伙一點顏色看看。

洛倫同意了，不過不是為了擺架子，而是想著反正沒人高興見到她，不如好好休息，省得自討沒趣。

安達來接她時，洛倫委婉地表示不想參加。

安達面無表情地說：「這是為了公主特意舉辦的宴會，很多人想見指揮官的夫人。」

清越正想不客氣地搶白幾句，洛倫心裡一動，抬手阻止了她。

洛倫思考了一會兒，同意出席晚宴，倒不是因為「很多人想見她」，而是「她想見很多人」。

她沒有本事像真正的洛倫公主一樣逃離，甚至都不知道該如何搭乘飛船去另一個星球，在可預見的未來，她肯定還要繼續待在奧丁聯邦。

難道只因為他們不喜歡她，她就要永遠躲在屋子裡不見人嗎？

如果那樣，她會更加寸步難行。

真的洛倫公主至少還有血緣故國，有一條退路，她卻什麼都沒有。

既然無路可退，如果再不往前走，她就只有死路一條了。

不管心裡多抗拒，她都必須走出去，多瞭解這個世界，多認識人，多學習，只有這樣，有一天，她才真正有資格不想見誰就不見誰；那是一種高姿態的拒絕，而不是如今低姿態的躲避。

大廳一角，六個男人或站或坐地說著話，間或有熟人過去打個招呼，氣氛很是輕鬆融洽。

當洛倫走近時，氣氛突變，他們都沉默地看著她，眼神冷淡，像是在打量一隻不知死活、突然闖入他們領地的小動物。

其實，洛倫也不想自討沒趣，但整個大廳裡，她只認識他們，而且，他們對她的態度決定著整個奧丁對她的態度，滿大廳的人都會看他們的態度行事。既然如此，那就迎難而上、直搗黃龍。

洛倫屈膝行禮，微笑著打招呼：「晚上好！」

所有人的目光齊刷刷地看向辰砂，辰砂喝著酒，像是沒聽到一樣，沒有絲毫反應，大家又齊刷刷地移開目光，也都沒有回應。

＊　＊　＊

眾目睽睽下，被視若塵埃，說不難堪，那是不可能的。

但洛倫沒有拂袖而去的本錢，只能自嘲地想：公主的待遇還不如囚犯呢，至少在監獄裡時，身為重罪犯，只要她開口，法官絕對認真聆聽。

洛倫像是完全沒有感覺到大家的無視，微笑著繼續說：「我是阿爾帝國的洛倫公主，今天早上剛剛成為辰砂公爵的夫人，很高興認識你們，你們可以直接叫我洛倫。」

依舊無人說話。有人興致盎然地打量她，有人專心致志地吃東西，有人心不在焉地看向別處。

洛倫咬咬牙，繞過紫宴，往前走幾步，對一個五官清雅、氣質斯文的男子伸出手：「你好！」

他正在欣賞舞池裡的人跳舞，愣了愣後，抬眼看著洛倫，遲遲沒有回應。

「你好！」洛倫伸著手，再說一遍。

她努力讓自己緊繃的微笑自然一點，但臉部肌肉好像更加僵硬了。

在各種各樣的目光中，她的手固執地伸著，臉上的笑顯得很輕飄，像是水中月影，似乎輕輕一碰，就會隨著漣漪的盪起碎掉，但又會隨著漣漪的平復依舊存在。

男子終於站起來，握住她的手，溫和地說：「妳好，我是奧丁聯邦第四區的楚墨公爵，妳可以叫我楚墨，很榮幸認識妳。」

不過短短幾分鐘，洛倫卻覺得像是過了一個世紀，手在輕顫。楚墨肯定感覺到了，但沒有流露一絲異樣。

等他放手時，洛倫已經調整好情緒，笑著對他身旁的男子伸出手——男子高大魁梧，紅色的頭髮修剪得很短，根根聳立如針，濃眉大眼，心無城府的樣子。

他帶著抗拒，蜻蜓點水地握了一下洛倫的手，甕聲甕氣地說：「妳好，我是奧丁聯邦第五區的百里藍公爵，妳可以叫我百里藍。」

有了這兩個開頭，後面似乎就順利了。

第三區的左丘白，金色的半長捲髮，透著淡然隨意，一直歪靠在沙發上，連和她握手都沒有站起來。

第七區的棕離，棕色的頭髮打理得一絲不亂，五官俊秀，可是薄薄的嘴唇緊抿，透著刻薄，茶褐色的眼珠陰沉冰冷，被他盯著看時，就像是被一條毒蛇盯著，讓人幾乎不敢和他對視。

百里藍和左丘白都隨和地順著楚墨的方式介紹了自己，他卻特立獨行，沒等洛倫伸手，就簡短地說：「第七區，棕離。」絲毫沒有握手的意思。

洛倫知趣地說了聲「你好」後，立即走向下一位。

紫宴主動熱情地伸出手：「妳好，我是第六區的紫宴。」他抬手指著辰砂，促狹地問：「這位還要他自我介紹嗎？」

洛倫淡定地說：「不用了，我們的結婚文件上寫得很清楚，第一區，辰砂。」

紫宴和左丘白都噗哧一聲笑出來，紫宴擠眉弄眼地說：「辰砂，不把你的夫人介紹給其他人嗎？」

洛倫忍不住小小期待地看向辰砂，他壓根不理會洛倫，順手拿起一枚水果，塞進紫宴的嘴裡。紫宴哼哼嗚嗚，再說不出話來。

洛倫的期待變成了失望。

突然，跳舞的人紛紛停下，一個穿著白色襯衣，黑色鉛筆裙，盤著頭髮，戴著黑框眼鏡的女子穿過舞池，走了過來。

她面容嚴肅，打扮嚴謹，一邊走路，一邊還思考著什麼，像是一位來開學術大會的學者糊裡糊塗走錯了地方。可是，舞池裡的人沒有絲毫不悅，都恭敬地讓路。

女子的視線落在他們這邊，然後眼睛一亮、展顏而笑，似乎看到了讓她極度思念的人，興奮地加快腳步。

洛倫立即往旁邊挪。鑑於上次暈倒事件，她已深刻明白，好狗不擋路，千萬不要站錯位置。

她身旁就是辰砂，女子明顯是衝著辰砂來的。洛倫瞬間腦補了很多灑狗血的故事，告訴自己待會無論發生什麼，一定要保持鎮定、靜觀其變。

女子笑靨如花，飛撲過來，抱住了……她。

洛倫的嘴巴變成了「O」形。

鎮定、鎮定、一定要保持鎮定……

女子熱情洋溢地和洛倫行完貼面禮，依舊捨不得放開她，緊緊地握住她的手，把她從頭看到腳，再從腳看到頭。

洛倫毛骨悚然，再無法靜觀其變：「您是？」

「您一定是洛倫公主，真是美麗、聰明、優雅、可愛。我應該第一時間就趕來見您，可是被實驗拖住了。實驗一結束，我就立即趕來了，希望您不要介意……」

呵呵，洛倫乾笑，真不知道一臉呆滯的自己哪裡能看出聰明優雅了？她求助地看向紫宴，紫宴咳嗽一聲，說：「第二區的封林公爵，主管聯邦的科研和教育。」

洛倫恍然大悟，立即握緊封林的手：原來這就是傳說中會把她切片研究的科學怪人啊！她的蘋果樹待遇雖然姍姍來遲，但總算是來了！

封林關心地說：「妳剛來奧丁，如果哪裡不適應就告訴我，我一定想辦法解決。」她掃了一眼那六個男人，「誰要敢欺負妳，告訴我，我保證不打死他！」

洛倫簡直快熱淚盈眶：姊姊啊，妳為什麼不早點出現？

封林熱情地問：「吃過晚飯了嗎？想吃什麼？我幫妳去拿。」

「我不餓，就是想認識一下大家。」

「我幫妳介紹。」封林挽住洛倫的手，帶她走向大廳裡的人群。

洛倫有些小人得志，忍不住回頭，瞅了一眼辰砂：哼！你不幫我介紹，自然有人幫我介紹，不靠你！

＊＊＊

在封林熱情的幫助下，宴會上的人，洛倫認識了約七八成。

其實，一時間真記不住那麼多張臉，不過，好歹先混個臉熟，不至於將來兩眼一抹黑。

因為之前六位公爵的舉動，再加上封林的熱情介紹，所有人對她不再那麼排斥，友善了許多。就算是裝出來的，洛倫也滿意了。人與人之間，除了至親至近的人，必須真心換真心，其餘人不都是客客氣氣在演戲嗎？

封林碰到熟人，看對方的樣子似乎有話和封林說，洛倫正好有點口渴，說了聲「失陪」，就去找喝的了。

但她站在飲料臺前，看著琳琅滿目的選擇，一時間有些拿不定主意。

紫宴走到她身邊，「回答我一個問題，我就告訴妳哪種飲料好喝。」

「什麼問題？」

「為什麼我站在妳旁邊，距離妳最近，也算最熟，妳卻繞過我，去和楚墨打招呼？」

「我沒有信心你會理我，就算你理我了，只怕也會捉弄我，讓我出醜。」

紫宴睞著桃花眼，不置可否地笑起來，「妳有信心楚墨會理妳？」

「也沒有，只是相較其他人，他更有可能。」

「為什麼？」

洛倫覺得有些話不好出口，含糊地說：「感覺而已。」

當時，紫宴、左丘白、棕離都一直看著她，不管是含笑，還是冷漠，都說明她的難堪讓他們無動於衷。任何時候，在災難現場，興致勃勃的圍觀者才是最冷漠的。

百里藍一直悠哉遊哉地吃吃喝喝，表明他在這件事上無所謂，沒有任何態度。

辰砂和楚墨沒有看她，但一個眼神放空，是漠不關心；另一個卻是在欣賞美好的畫面，迴避了洛倫的難堪。

紫宴意味深長地打量洛倫，「感覺挺準啊！楚墨是我們中間最好說話的，不熟悉我們的人常會被百里傻呼呼的笑容和我的絕色美貌迷惑。」

洛倫無語地盯了他一眼，點點飲料臺，示意他少說廢話，兌現承諾。

紫宴選了一杯藍色和綠色交雜、幽光閃爍的飲料，遞給她。

洛倫將信將疑，遲遲不敢喝。

紫宴撇撇嘴，要了一杯同樣的，當著她的面一口氣喝完，把杯子倒過來。

洛倫端起杯子，喝了一口，酸酸甜甜，滿好喝的，剛要謝謝他，突然間天旋地轉，像是有什麼東西在腦子裡砰然炸開，眼前一黑，就什麼都不知道了。

Chapter 2

第一個朋友

即使命運是千里荒漠，她也希望自己能像堅韌的駱駝一樣，一步一步，慢慢地尋找到一片屬於自己的綠洲。

清晨，洛倫暈暈沉沉地醒過來，恍惚了一瞬，才想起昨晚發生的事情。

她居然又暈倒了！還是眾目睽睽之下！真是剛挽回的一點面子，又全丟光了！

紫宴這個傢伙真是「不整人會死星人」！

不過，想到昨晚的「破冰之戰」也算基本成功，她的心情好了許多。

她頭重腳輕地爬起來，準備去洗漱，卻覺得有點不對勁，左右看看，終於後知後覺地意識到這根本不是她的房間。

「清越！」洛倫放聲大叫。

清越衝了進來，洛倫困惑地問：「這是哪裡？為什麼換房間了？」

「是辰砂公爵的寢室。我本來說等公主醒來再搬，但封林公爵和安達總管都堅持新婚夫婦不能分房，必須睡一起。」

洛倫立即緊張地問：「昨晚，辰砂他……他有沒有……」

清越的眼眶紅了，泫然欲泣的樣子。

不會吧?!洛倫也要哭了，難道就這麼稀裡糊塗地滾完床單？

「公爵他太過分了！不肯和公主同房，明明應該是公主嫌棄他的，他憑什麼嫌棄公主？」清越的聲音裡滿是委屈難過。

洛倫拍拍心口，一下子輕鬆了。嫌棄好啊！越嫌棄越好！

她笑容滿面，信口開河地說：「也許不是嫌棄，只是想先培養一下感情，畢竟我們情況特殊，剛見面就結婚，彼此完全不瞭解，還是慢慢來比較好。」

清越看公主開開心心完全不在乎，只能暫且放下這事，「公主，封林公爵說今天會派人來接您去她的研究院參觀一下。」

還真是性急的科學怪人啊！不過，正好！她也想知道他們究竟想從她這裡得到什麼，畢竟，他們所求決定了她所得。

✷ ✷ ✷

封林的研究院在一個大型軍事基地裡面。

為了方便洛倫參觀，她特意開了一輛陸空兩用的敞篷飛車，邊逛邊介紹。

因為研究院主攻人體基因研究，要蒐集很多資料，需要大量士兵的長期配合，所以當年的院長索性就把研究院的大樓建在了軍事基地中，既安全又方便。

洛倫好奇地看著路上三三兩兩走過的大兵，除了體貌偶爾和常人有些異樣，他們和阿爾的士兵似乎沒有什麼不同。

可是，短短幾百年時間，他們就震懾了整個星際，讓無數恨不得把奧丁聯邦拆解成碎末的軍隊鎩羽而歸。

參觀完對外開放的軍事區後，飛車停在一棟三層高的扁平形狀的大樓前，乍看有點像一本打開的書。

封林站在掃描器前，驗證完身分後，厚重的金屬門打開。

她伸手做了個請的姿勢，「歡迎來到奧丁聯邦的阿麗卡塔生命研究院。」

洛倫笑著走進去，好奇地打量四周。

大廳裡，來來往往的人穿著白色的工作服，一開口都是洛倫聽不懂的專業詞彙，學術氛圍十分濃厚。

封林帶她坐電梯直接去了三樓，「大樓地上部分有三層，大部分可以參觀，地下也有三層，屬於科研區，不對外開放，我們從上往下看吧……」

突然，她的通訊器響了，封林看了一眼來電顯示，說了聲「抱歉」，立即接通。

「……什麼？數據異常？原因呢……」

她的語氣十分著急，似乎一個重要的實驗出了問題。洛倫善解人意地說：「妳先去忙吧，我反正沒什麼事，可以等一會兒再參觀。」

封林看看四周，沒有一個人。

她急匆匆地說：「沿著走廊再往前走，有個休息室，妳可以去喝點東西，我叫助理來接妳。」

封林離開後，洛倫慢悠悠地往前晃。

經過休息室時，她想了想，決定繼續往前逛逛，待會兒再回來。

拐了一個彎後，突然變得格外安靜，曲折的走廊好像看不到盡頭，兩側都是一個個密閉的房間，前後周圍一個人都看不見。

不知道是冷氣開得太強，還是四周太安靜了，洛倫竟然覺得全身直冒寒意，暗暗地緊張害怕。她自嘲地想，就這個膽子，絕對不是做間諜的材料！阿爾帝國肯定冤枉她了！

正要原路返回，突然傳來叮叮咚咚的聲音，寂靜中顯得格外驚悚，洛倫嚇了一跳，腿都軟了。

但是，平靜後，又覺得那聲音像是東西掉到地上，並不是什麼恐怖的聲音。

洛倫猶豫了一瞬，朝著聲音傳來的方向，躡手躡腳地走過去。

隔著一道虛掩的門，她看到昏暗的房間裡有個男人趴在地上，四周是散落的瓶瓶罐罐，估計是他想拿什麼東西時，突然摔倒了。

洛倫立即推開門，看到他正努力掙扎著往前爬，想要抓住滾到牆角的一個小藥瓶，可身體因為痛苦，完全失去了控制，無論如何掙扎，都無法移動一點。

洛倫急忙走過去，把藥瓶撿起來：「是這個嗎？」

「出去！」他的聲音嘶啞低沉，近乎破碎的嗚咽，像是從胸腔裡擠出來一般。

應該是不想被陌生人看到這麼狼狽的樣子，對於最近常常處於難堪中的洛倫而言，十分理解。她把藥瓶輕輕放到他的手邊，退到了門外。

洛倫背靠著走廊的牆站著，不太放心地說：「你有需要可以叫我。」

窸窸窣窣，過了好一會兒，一個虛弱無力的聲音傳來：「請進。」

洛倫輕輕地推開門，房間已經收拾乾淨，瓶瓶罐罐都放得整整齊齊，再看不出一絲零亂。

遮光簾擋住了外面的自然光，屋裡開著一盞檯燈。

橘黃的燈光下，男子腿上搭著一條駝絨毯子，坐在房間盡頭的沙發上。柔軟的黑髮，有點汗濕，微微貼著額頭，襯得面容慘白，沒有一絲血色，可他坐得筆直，眼神清澈，嘴角含笑，流露著平和安寧，就好像剛才的痛苦無助和他沒有絲毫關係。

洛倫想起了已經滅絕的雪絨花，傳說生長在雪山之巔，迎著風雪盛開，既堅韌美麗，又脆弱易逝。她禁不住連呼吸都放輕了，結結巴巴地問：「可……可以進來嗎？」

「當然可以。剛才謝謝妳。」他的聲音柔和低沉，像是大提琴的嗚奏般悅耳動聽。

洛倫的鼻子突然有點發酸，一時沒有開口。

男子十分敏銳：「怎麼了？」

「沒什麼，只是……」洛倫不好意思地撓頭，「突然發現，你是第一個對我說『謝謝』的人。」

從擁有記憶到現在，她感謝過穆醫生，感謝過紫宴，感謝過封林，甚至感謝過安達，但沒有人感謝過她，好像她的存在與否對別人沒有任何意義，還真的挺沒用呢！

男子愣了愣，微笑著說：「我很榮幸。」

洛倫努力把莫名的脆弱情緒甩掉，笑嘻嘻地說：「讓你有這個榮幸，我也很榮幸。」

他說：「以前沒有見過妳。」

「我第一次來。」洛倫忍不住好奇地問：「你是這裡的……」

「試驗體。」他似乎怕洛倫想歪了，溫和地補充：「自願的。」

試驗體？

洛倫眼睛一亮，毫無疑問，她也會成為「自願的試驗體」，沒想到遇到同行了！她不禁心生親近，「你叫什麼名字？」

「千旭。」

是她認識的第一個朋友呢！洛倫心裡默默重複了一遍他的名字，無端端地高興起來。

「妳呢？妳叫什麼名字？」千旭問。

「我叫洛……」已經在舌尖的話突然說不出來了，這一刻，她不想做洛倫公主的替身，只想做自己，可是，她是誰呢？

她表情茫然，怔怔地看著千旭。

千旭輕聲說：「怎麼了？如果不方便說就不用說。」

洛倫搖搖頭，視線落在千旭的駝絨毯子上，「洛、駱……駱尋。」她四處看了看，沒找到合適的東西，急切地問：「可以借你的手用一下嗎？」

千旭困惑不解，卻還是微笑著伸出了手。

洛倫彎下身，用食指在他掌心，虔誠地一筆一劃寫下——駱尋。

她不知道究竟發生了什麼事，讓她失去一切，孑然一身；也不知道交換來的身分究竟會帶給她什麼樣的命運，但是，即使命運是千里荒漠，她也希望自己能像堅韌的駱駝一樣，一步一步，慢慢地尋找到一片屬於自己的綠洲。

「駱，駱駝的駱；尋，尋找的尋。我的名字，駱尋！」洛倫鄭重地解釋，不知道是希望冥冥中的命運之神能聽到，還是希望眼前的人能記住。

千旭的掌心冰涼，洛倫的臉卻有些發燙，「我朋友還在等我，下次見。」

不等他回應，洛倫匆匆轉身，跑出房間。

* * *

洛倫沿著走廊一路小跑，轉了個彎，還沒到休息室，就看到一個穿著白色工作服的中年女子在邊走邊四處張望。

洛倫快步上前，「妳是封林的助理嗎？不好意思，我一個人有些無聊，四處轉了轉。」

「沒關係。我叫安娜，院長還有些事要處理，叫我先帶您參觀一下。」

洛倫下意識地回頭看了一眼空蕩蕩的走廊，才跟著她往前走。

兩人邊走邊聊，洛倫裝作若無其事地說：「剛才在那邊看到一個人，好像很虛弱，不像是工作人員。」

「應該是自願參加藥劑測試的試驗體。」

「試驗體？試驗什麼？」

安娜耐心地解釋：「我們奧丁聯邦的很多人都攜有異種生物基因，突然得基因病的機率很大。雖然我們盡力了，但不是每個病人都有機會接受治療，尤其那些罕見的基因病，治療費用非常昂貴，所以為了得到治療機會，不少人自願報名做試驗體。」

洛倫覺得心臟好像被什麼輕輕扎了一下，不是很疼，卻滿是酸楚，「那他……他們……治好的希望大嗎？」

「因人而異。」安娜沉默了一下，又說：「我們研究院不僅是奧丁聯邦最好的研究院，也是全星際最好的研究院之一，大家都會盡全力！」

洛倫勉強地笑了笑，衷心希望千旭可以順利康復。

＊　＊　＊

安娜陪洛倫參觀完研究院後，封林才回來。

「不好意思，讓妳久等了。」她看看時間，「我帶妳去吃中飯。」

不過一個多小時沒見，她卻面色疲憊，眼神晦暗。洛倫問：「工作不順利？」

封林苦澀地說：「實驗失敗了。」

洛倫不知道她究竟在做什麼實驗，也不知道如何安慰，只能泛泛地說：「成功是由無數次失敗累積出來的。」

封林打起精神，「嗯，一定會成功！」

＊　＊　＊

封林帶洛倫去員工餐廳。

她介紹說：「基地裡有很多餐廳，大家可以就近用餐。只要是基地人員，營養餐免費，但飲料要付錢。」

她點開選擇飲料的螢幕，讓洛倫挑。

洛倫看到紫宴騙她喝的藍綠色飲料，心有餘悸地問：「那是什麼飲料？昨天晚上我只喝了一口，就暈倒了。」

「叫幽藍幽綠，裡面含有陰性精神鎮定劑，在體能B級以上的士兵裡很流行，緊張疲憊的時候喝一杯，可以放鬆精神、幫助睡眠。」封林十分詫異，「難道妳不知道最好不要喝高於自己體能級別的飲料嗎？」

「因為是紫宴的推薦，就沒有多想。」洛倫乾笑。她能說自己記憶不全，有的事一看就知道，有的事卻一片空白嗎？

封林嘟囔：「紫宴也真胡來，這種飲料怎麼能給普通人喝呢？」

洛倫心裡咯噔一下：奧丁聯邦的間諜頭子真的那麼無聊，只是想捉弄她？

嘴巴會說謊，身體卻不會，萬一真的洛倫公主體能是B級，她喝一口飲料就露餡了！

念頭急轉間，背脊上冒了薄薄一層冷汗。

冷靜、冷靜……

洛倫心裡細細過了一遍，確定穆醫生從沒提過公主的體能。以他的行事，不可能是疏忽。那麼只有兩種可能：要麼公主從沒有測試過自己的體能；要麼就是測試過，但結果完全沒有外洩。

洛倫緩緩吐出口氣，放心了幾分；紫宴應該只是想試探一下公主的體能。

封林看她一直盯著螢幕上的飲料發呆，安慰她說：「別擔心，偶爾喝一兩口沒什麼，對身體沒有害，只是會出醜。」

洛倫笑了笑，在普通人喝的飲料裡隨便選了一種，「以前從沒想過會離開家，也就從沒有測試過體能，回頭有機會，我要去測試一下體能。」

封林若有所思，剛想說什麼，餐廳的自動門打開，一隊人走進來。

四周驟然安靜，氣氛變得肅然。

洛倫扭頭看去，發現為首的是辰砂、紫宴和楚墨，三個人都穿著筆挺的軍服，身姿挺拔、氣勢不凡。

跟在他們身後的士兵卻很狼狽，鼻青眼腫，走路都搖搖晃晃，但餐廳裡的士兵全目光灼灼、羨慕嫉妒地盯著他們，似乎恨不得大叫「為什麼不是我」。

洛倫好奇地問：「那些士兵是被人暴打了嗎？」

封林笑著說：「他們幾個啊，向來這樣！美其名曰訓練士兵，其實完全是虐打，不過，想被虐打都必須是精英。」

這樣啊！難怪被打得鼻青臉腫還一副洋洋得意的樣子。

封林眨眨眼睛，促狹地問：「要不要去跟辰砂打個招呼？」

「不要！大庭廣眾之下，我會害羞的。」洛倫端起餐盤，立即撤退。

封林跟著她，邊走邊說：「辰砂武力值高、不濫交，好好調教一番，肯定能成為好丈夫。」

洛倫腹誹：姊姊，妳以為每個姑娘都是妳啊？就我這小身板，還是哪裡涼快哪裡待著吧！

洛倫看靠窗戶的地方景致不錯，空座位也很多，問封林：「那邊可以嗎？」

「我隨便，選妳喜歡的座位。」

洛倫找了個角落的位置坐下。

結果，沒過多久，辰砂、紫宴、楚墨也過來了，坐在靠外面的位置上，離她們還有一段距離。

洛倫正慶幸他們沒看到她，紫宴就笑瞇瞇地舉起手裡的飲料，對她做了個乾杯的姿勢，是幽藍幽綠。

洛倫心裡暗罵賤人，表面卻敢怒不敢言，低下頭裝沒看見。

封林笑著說：「餐廳雖然沒有特意劃分區域，但約定俗成會把景色最好的區域留下，算是一種對強者的敬意吧！」

洛倫嘗了口營養餐，「沾妳的光，我也做了回強者。」

封林問：「妳對基地的印象如何？」

「很好。」如果營養餐能可口點，就更好了。

封林啜著飲料，滿腹心事地看著洛倫，欲言又止。

洛倫猜到她想說什麼。

在奧丁聯邦，封林是對她最友善的人，雖然懷有目的，但成年人的世界，本就不可能單純，能被人有所圖不是壞事。

洛倫主動開口：「在阿爾帝國，有一株蘋果樹，是古地球時代的珍貴基因。研究它的學者提供陽光、空氣、水、土壤給它，精心照顧它，偶爾摘下幾片樹葉、切下幾截樹枝去做研究，但一切都控制在不傷害蘋果樹的範圍內。畢竟，研究可以慢慢做，但蘋果樹要是沒有照顧好，就會死掉。」

洛倫循循善誘地講完故事，小心地問：「妳覺得我說的對嗎？」

「很對！」封林的語氣沒有絲毫猶豫。

洛倫暗暗鬆了口氣，提出自己的條件，「只要不傷害我的身體，我願意配合做妳的試驗體。」

封林的手一抖，竟然把整杯飲料弄翻了。她顧不上擦拭，只是震驚地瞪著洛倫。

洛倫被她嚇住了，想了想，尷尬地問：「是不是我猜錯了？妳其實不是想說這個？」

「我只是想問，可不可以幫妳測試一下體能。」

啊？要不要這麼丟臉啊？洛倫鬱悶地用手遮住臉，小聲地說：「能當做什麼都沒聽見嗎？咱們繼續用餐。」

「我的體能是A級，聽力非常好，什麼都聽見了。」封林毫不客氣地否定了洛倫的提議。

洛倫無限懊惱。好吧！雖然不知道自己的體能級別，但能肯定白癡級別是3A！

「洛倫，我愛妳！」封林激動地抓住洛倫的手。

呃……

洛倫還沒反應過來，封林身手俐落地跳過來，一把抱起她，一邊興奮地打轉，一邊開心地笑。

洛倫徹底懵了！

穆醫生給她的資料裡，封林的介紹是：學識淵博，科研能力卓絕，以優雅知性聞名奧丁，是無數高智商科技男的女神。

可是，她現在的風格完全不對吧！

不但洛倫，整個餐廳的人都驚呆了。

她放下洛倫時，洛倫已經被轉得暈頭轉向，只能驚歎地想：姊姊，妳確定妳沒有熊的基因嗎？

封林雙手抓住洛倫的肩膀，熱切地問：「妳真的願意嗎？我保證不會傷害到妳！」

洛倫暈乎乎地點頭，總覺得整個調性很詭異，似乎朝著某條歧路直奔而去。

封林激動地在她臉頰上用力親了一下，攬住她的肩膀，手臂豪邁地一揮，對著全餐廳大聲說：「所有飲料放開喝，今天我請客！」

霎時，鼓掌聲、喝采聲、口哨聲響成一片。

洛倫捂著自己的臉頰，欲哭無淚地看著封林：姊姊，我敬妳是條漢子！但妳還是繼續走優雅知性的路線吧！

有個軍官笑嘻嘻地問：「是請我們喝喜酒嗎？」

大家哄堂大笑。

洛倫的臉立即綠了，封林的臉也一下綠了，面面相覷，卻不知從何解釋。

大家的哄笑聲更大。

一聲冷斥傳來：「全體都有！」

整個餐廳的官兵齊刷刷全站起來，整齊劃一的聲音：「是！」

辰砂下令：「用餐時間，兩分鐘。」

「是！」

所有人狼吞虎嚥，連封林都迅疾歸位，把桌上的營養餐簡單粗暴地直接灌進嘴裡，很是訓練有素的樣子。

兩分鐘後，整個餐廳空空如也。

洛倫看傻了。

辰砂站起，紫宴和楚墨跟在他身後，三個人一起朝外面走去。

等他們都離開後，洛倫依舊沒有回過神來。

封林在洛倫眼前揮手：「喂！別看了，人已經走了！是不是突然多巴胺分泌增多，對辰砂心動了？」（多巴胺：人在愉悅歡快中分泌的激素）

洛倫把手放在心臟部位，認真地感受了一下，遺憾地說：「是腎上腺素突然分泌增多。」（腎上腺素：人在恐懼驚嚇中分泌的激素）

封林大笑：「公主，妳這麼有趣，我真的會愛上妳。」

洛倫憂鬱地問：「辰砂不會回去後找我麻煩吧？」她和封林舉止瘋瘋癲癲，雖然她是被動承受者，可遠近有別，辰砂肯定只會遷怒她。

封林滿臉詫異：「妳不知道辰砂剛才是在幫我們？」

幫我們？洛倫滿臉的問號。

封林恍然大悟，解釋說：「辰砂的體能是3A級，能聽到我們的對話。」

什麼?!

洛倫看看自己的位置，再看看辰砂他們的位置，終於明白為什麼阿爾帝國的人談「異種基因攜帶者」就色變了。

「放心吧!他很清楚發生了什麼事，肯定理解我為什麼激動到失態。」封林看著洛倫，真誠地說：「我完全沒有想到……妳會這麼慷慨，謝謝妳!」

洛倫被封林感激涕零的樣子弄得不好意思起來，果斷轉移話題，「為什麼剛才妳也要聽辰砂的命令?你們不都是公爵嗎?」

「我還有個身分是聯邦軍人。辰砂是聯邦軍隊的指揮官，他既然說了『全體都有』，我就必須聽命。」封林聳聳肩，「沒辦法，軍令如山!不過，他要是進了我的地盤，就要任憑我收拾。」

洛倫突然明白為什麼阿爾帝國的戰鬥力不如奧丁聯邦了，不是他們一再說的什麼異種基因，至少不僅僅是。

✷ ✷ ✷

晚上，洛倫在個人終端機上查閱資料。

她本來以為自己知道「蘋果」和「塔羅牌」，也許和古代史有什麼牽扯，可看了很多類似的研究資料，卻沒有想起任何事。

以前的她究竟是什麼樣的人?

為什麼會孤身一人出現在阿爾帝國的科研禁地?

……

洛倫怔怔發呆，不知不覺在螢幕上寫下兩個字：駱尋。

其實，尋找過去的線索不在奧丁聯邦，而在阿爾帝國。尋找過去和尋找未來並不是同一條路。但阿爾帝國已經判了她死刑，截斷了回去查找的路，她只能往前走。

洛倫輕歎口氣，只希望自己可以想起過去的種種。

「公主，妳同意配合封林公爵做研究？」清越沒有敲門就衝進來。

「是啊！」洛倫慢條斯理地把個人終端機關了。

清越暴走了，咆哮著說：「公主，妳瘋了嗎？妳究竟知不知道……」

在她滔滔不絕的冒犯言辭中，洛倫漸漸明白：原來她答應的事情是非常了不得的一件事，難怪封林激動得完全變成另一個人。

每個人的基因都是與生俱來、最珍貴的財產，具有唯一性、無價性。在人類深受基因之利，又深受基因之苦後，整個星際的人類聯盟曾簽署過公約——尊重、保護個人的基因權，任何情況下，沒有經過本人允許，不可以提取、破解他人的基因。

各個星國的政府只能提取最初級的基因資訊，用作識別身分和基礎醫療。所有資訊必須貯存在保密級別最高的智腦裡，沒有特殊授權，不能隨意使用。

洛倫回憶了一下，好像的確是，就算被抓進監獄，法官想提取她的基因查找身分時，也先要她授權。

清越痛心疾首地說：「公主難道不知道後果多嚴重？他們隨時可以複製一個妳……」

估計清越也是個科技小白，竟然拿老掉牙的梗來嚇唬她。洛倫做了個停止的手勢，「我玩過虛擬實境的遊戲，複製人和自然人有很多差別。如果複製人能取代自然人，人類早就不用擔心繁衍問題了。」

清越悻悻地說：「公主應該強硬點，不能這麼軟弱地任人擺布！」

洛倫沉默地微笑。

應該強硬的不是她，而是阿爾帝國。

他們放棄了洛倫公主。當公主被送上飛船時，最後的結果已經註定。

所謂的星際人類公約，約束力能有多少？

她才不相信，星際間每一次的基因提取都符合星際人類公約。

洛倫公主是奧丁聯邦用一顆資源星換來的，哦，還犧牲了他們指揮官辰砂公爵的婚姻。付出如此巨大的代價，不管她配不配合，最終的結果都不會變。

整個奧丁聯邦有太多人的利益在這樁交易裡，即使封林不忍採取非常手段，也肯定有其他人，何必要逼著他們圖窮匕現呢？

基因再重要，也沒有命重要！

Chapter 3

我到底是誰

死亡很恐怖，但比死亡恐怖一萬倍的是不知道自己是誰，不知道自己在哪裡，什麼都不明白地孤獨死去。

清晨。

洛倫在屋外等待安達安排的飛車來接她。

辰砂出門時，他的飛車恰好停在洛倫面前。

「早安。」洛倫立即往旁邊挪了挪，讓路給他，還狗腿地送上微笑。

辰砂聽而不聞，一言不發地上了飛車，疾馳離去。

洛倫安慰自己，對這種簡稱「高冷」，全稱「語言交流高度障礙症、面部肌肉冷滯症」的患者，咱不和他一般見識！

半個小時後，洛倫抵達阿麗卡塔生命研究院，封林竟然已經等在門外。

洛倫受寵若驚，「妳怎麼等在外面？不是說好，我到了會發訊息給妳嗎？」

封林直爽地說：「怕妳會臨時反悔，靜不下心工作，索性出來透透氣。」

如果是真的洛倫公主，即使同意做試驗體，肯定也是心不甘情不願，會推三阻四，但她是假的；一個一無所有的人實在矯情不起來。

洛倫笑歎：「妳想太多了。應該緊張的人是我吧！」

封林挽著洛倫，邊走邊說：「別緊張！今天只是做基本的身體檢查，就像妳去醫院做的檢查一樣。如果妳覺得狀況良好，我們還可以做一下體能測試。」

洛倫想了想，「我覺得我目前狀況挺好的，可以做體能測試。」說實話，她對自己的身體一無所知，正想好好瞭解一下。

封林帶著洛倫來到一個大房間。

她按照工作人員的指示，換好衣服，開始做檢查。

先檢查視力、聽力，然後抽取一毫升的血。

封林動手前，特意說明：「除了各項體檢，醫檢師還會用這些血液做一個基礎的基因分析。」

洛倫大大方方地說：「沒有問題。」

抽完血，洛倫平躺在一個儀器裡，掃描檢測全身。

「好了！」工作人員打開儀器，讓洛倫出來。

洛倫詫異地問：「全檢查完了？」看上去要檢查的專案很多，但比她想像的快很多。

「全檢查完了。」封林笑著說：「早說了不用緊張。」

十來分鐘後，各項檢查的結果就匯總過來，智腦對洛倫說：「恭喜！您的身體非常健康，請繼續維持！」

封林陪洛倫離開檢查室，「休息一下，如果確定狀態很好，下午做體能測試。」

洛倫有自己的小打算，對封林說：「妳去工作吧，不用陪著我，我自己逛一逛，待會兒一起吃中飯。」

「妳確定？」

「確定！以後我會常來，難道妳每時每刻都要陪著我嗎？」

封林想了想，「我叫安娜幫妳開通員工身分，妳暫時就算是我們研究院的員工，大樓裡的娛樂室、健身室都可以使用。只要許可權允許的地方，妳可以隨意出入。」

洛倫愣了愣，指著自己，半開玩笑地說：「妳相信我？別忘記，我可是阿爾帝國的公主，小心我把你們的研究機密透露給阿爾帝國。」

封林不屑地翻了個白眼，「妳做夢吧！我們奧丁聯邦的機密哪有這麼容易就被洩漏出去？」

「好吧！是我想多了！」洛倫笑著吐吐舌頭。做為傳說中要被切片研究的物件，能遇見封林這麼聰明和善的科學怪人，是她運氣好。

封林指指洛倫的個人終端機，「研究院的智腦會自動識別妳的許可權，如果門打開，妳就能進去，如果門關閉，妳就不能進去。」

這樣倒是簡單，洛倫不用擔心自己誤闖科研禁地了。

＊　＊　＊

和封林告別後，洛倫去娛樂室玩了一會兒虛擬實境的遊戲。看時間和昨天差不多時，她裝作四處蹓躂，去了三樓。

清冷的走廊上，一個穿著藍色病人服的男子和一個穿著白色工作服的工作人員迎面走來。

洛倫立即讓到一邊，琢磨著萬一他們質問的話，該怎麼回答。

結果，他們似乎沒有絲毫疑問，朝洛倫禮貌地點點頭，擦肩而過。

洛倫鬆了口氣。看來這片區域有人探訪很正常，以後她可以大大方方地過來了，被人撞見也不怕。

走到昨天見到千旭的房間前，發現房門緊閉，也不知道千旭是否還在。

洛倫十分緊張，卻不知道自己究竟在緊張什麼。

剛要按門鈴，她又急忙用個人終端機查看自己的儀容，理了理頭髮、拽了拽裙子，確認一切都沒有問題後，深吸了口氣，才按門鈴。

「請進。」隨著說話聲，門打開了。

千旭坐在桌前，正在工作，看到她進來，說了聲「暫停」，關閉了虛擬工作臺。

洛倫不安地問：「突然拜訪，打擾到你了嗎？」

「沒有，只是在看一些工作方面的資料。」

他穿著淺藍色的病人服，面色依舊蒼白，但精神明顯比昨天好多了。

洛倫背著手，咬了咬嘴唇，「還記得我嗎？」

「駱尋。」

洛倫的心重重地跳了一下。對千旭而言也許只是一聲平常的稱呼，可對她而言是來自世界的第一聲呼喚！

她笑靨如花，伸出大拇指，「正確！」

「妳的名字很好記。」千旭微微而笑，眉梢眼角都是沉靜寧和，令人如沐春風。

洛倫抬起手腕，指指自己的個人終端機，緊張地問：「能加通訊好友嗎？」為了這事，她昨天特意確認了只加通訊好友不會暴露身分，晚上輾轉反側，唯恐他會拒絕。

千旭愣一愣，「可以。」他說了一串通訊碼。

洛倫心花怒放，立即發出邀請，他確認後，洛倫的個人通訊錄上多了一個通訊碼。

洛倫輸入他的名字，喜氣洋洋地說：「我最近幫一個朋友做事，會常常來研究院，你要有空，隨時傳訊息給我。」

千旭好笑地問：「妳每天都這麼開心嗎？」

洛倫故意瞪大眼睛，「啊？你以為我是機器人嗎？怎麼可能只有一種狀態？」她依次伸出三根指頭，「我有三種狀態，開心、很開心、非常開心，經常變的。」

千旭輕輕咳嗽一聲，唇角的笑意加深。

洛倫遲疑了一下，問：「你住在這裡嗎？」

「不是，我在基地的星際戰艦戰術研究室工作，只有配合治療時，才會來生命研究院。」

這樣看來千旭的病並不影響正常的工作和生活，而且他就在基地工作，以後見面很方便。洛倫鬆了口氣，「你平時工作忙嗎？」

「還好。」

洛倫腆著臉問：「還好是怎麼個好法？有時間在個人終端機上聊天說廢話的那種好，還是只能說正事的那種好？」

千旭想了想，「取決於是誰。如果是妳，可以聊廢話。」

洛倫禁不住滿心的歡喜，「這麼英明的選擇，你不會後悔的！」

兩人又聊了幾句，洛倫告辭：「我要回去了，下次再來看你。」

「再見。」千旭微笑著道別。

✷ ✷ ✷

洛倫回到娛樂室，打開通訊錄看到千旭的名字，忍不住抿著嘴笑。

也許因為都是試驗體的身分，她對千旭同病相憐；也許因為千旭是個平常人，對她又很友善，洛倫在他面前很放鬆，不會有面對辰砂、紫宴他們的警戒和緊張。

她是駱尋，她有了第一個朋友！洛倫覺得一切美妙得不像是真的。

她忍不住發了一條文字訊息給千旭：「你好！」

千旭立即就回覆了：「妳好，怎麼了？」

洛倫不好意思地回覆：「沒事，只是看看你能不能收到我發的訊息。」

「收到了。」千旭沒有嫌她神經病，反而加送一個摸頭安慰的圖片。

洛倫覺得自己真的有被安慰到，心情愉悅地關閉了通訊錄，開始忙正事。

她從星網上搜了一些體能測試的資料看，不知不覺就到了中飯時間。

和封林在樓下會合後，兩人一起去餐廳。

本來，洛倫有點擔心會遇見辰砂，但一直沒有見到他，應該是早上不在附近訓練，也就沒有來這個餐廳吃飯。

洛倫嘗了一口營養餐，還是覺得難吃，但看封林沒有絲毫反應，一口接一口很是自然的樣子，她不禁有點犯疑：難道她的味蕾和奧丁聯邦的人不一樣？

洛倫悄悄發訊息給千旭：「你的午飯是什麼？」

千旭：「營養餐。」

洛倫：「好吃嗎？」

千旭發了一個嘴脣下彎的表情。

洛倫放心了，她對食物的品味是正常的。

洛倫問：「你喜歡吃什麼？」

沒有等到千旭的回覆，卻聽到封林笑吟吟地問：「和誰發訊息這麼開心？」

「清越，我的侍女。」洛倫面不改色、心不跳地撒謊。

身為成年人，每個人都有小祕密，也都有權力捍衛自己的小祕密。

封林正要說什麼，她的個人終端機突然響起刺耳的蜂鳴聲，她看了一眼後，面色立變，「我有急事要處理。」

洛倫看著她像疾風一般飛奔離去，應該是實驗又出問題了。這年頭做個研究也真不容易，不但要拚智商，還要拚體能。

洛倫慢慢地吃著飯，千旭一直沒有回她消息，估計沒時間閒聊。

洛倫也沒在意，所謂閒聊，本來就是有一搭沒一搭的事，能聊自然高興，不能聊也不會失望。

她在附近散了會兒步，打算回研究院找封林。

半路上收到封林的消息：「不好意思，突然有點事要處理，體能測試能推遲到明天下午嗎？」

洛倫回覆：「沒有問題，明天見。」

＊　＊　＊

第二天，洛倫到研究院後，先去找千旭。

「給你帶了一份小禮物，希望你會喜歡。」洛倫把一個禮盒放到他面前。

千旭用眼神問是什麼，洛倫沒有回答，只是笑瞇瞇地做了個邀請他打開的手勢。

千旭打開蓋子，發現是一個棗紅色的長方形餐盒，裡面有大小不一的五個小餐盒，裝了三份菜、一份主食、一份甜點。

碧綠的素炒青菜、金黃的紅胸鳥蛋絲卷、橙紅色的脆烤小牛排、雪白的越光米、黑色的巧克力蛋糕。整盒飯菜外形精緻、色彩美麗，十分賞心悅目。

千旭驚訝地問：「妳做的？」

「嗯。」

洛倫已經查過星網，雖然絕大多數人都是吃機器人做的飯，不過，也有人願意為一點口腹之欲浪費時間和精力自己動手。星際間的高檔餐館就是以提供人類親手烹飪的菜餚聞名。

千旭問：「為什麼不用機器人？」

「機器人做的飯菜能和我做的比嗎？」洛倫大言不慚。

「不能比。」千旭拿起叉子，想要吃。

洛倫急忙說：「先說好，如果不喜歡，就明說，我下次可以改進。千萬不要怕我難過，忍著吃下去。」

千旭笑道：「剛才不是還很有信心嗎？」

洛倫癟著嘴，沒有說話。

千旭每道菜都嘗了一口，洛倫緊張地看著他。

「我很久沒有吃到這麼好吃的飯菜了。」

「耶！」洛倫開心地握拳，「你喜歡的話，我可以經常做給你吃。」

「妳很喜歡做飯？」

洛倫愣了愣，有點不知道該如何回答。

「如果妳喜歡烹飪的話，可以考慮開一家餐廳。」

「開餐廳？」洛倫十分茫然。

昨天因為回去得早，沒有事做，想到難吃的營養餐和乏善可陳的機器人做的飯菜，洛倫臨時起意，決定自己動手做飯。

她搜到好幾個影片，打算跟著學。

可是，一動手，發現一切駕輕就熟，就好像腦子裡有一個隱藏技能欄，無意觸發後，被隱藏的技能就全部展現了。

毫無疑問，以前的她經常做飯。但是，她什麼都想不起來，就像她知道蘋果，卻不知道自己是怎麼知道那是蘋果的。

在繼懷疑自己的職業是研究古代史後，她又開始懷疑自己以前是廚師了。

千旭看洛倫表情怪異，關切地問：「怎麼了？」

洛倫搖搖頭，遲疑地說：「其實，對做飯我只是熟悉，我不知道是不是喜歡到願意去從事這個職業。」

「妳喜歡現在的工作嗎？」

工作？洛倫更茫然了。

穆醫生、封林、辰砂、紫宴、安達、清越、清初……似乎，周圍的每個人都有自己的工作，都在認真努力地生活。

而她……就是一株蘋果樹吧！

不管是阿爾帝國，還是奧丁聯邦，對她的期望都只是希望她乖乖地做蘋果樹，不要惹麻煩。

但是，她甘願一輩子做蘋果樹嗎？

洛倫說：「我以前不是阿麗卡塔星的人，剛移民過來不久，現在暫時在研究院打個雜工，還沒想好將來做什麼。」

千旭安慰她：「別著急，有時候瞭解自己比探索一顆陌生的星球更難，需要一點時間。」

嗯！在失去了記憶的情況下，她的確需要時間瞭解自己。洛倫笑著說：「有沒有人告訴你，做你的朋友很幸運，不但是益友，還是良師？」

千旭笑看著她，「現在有了。」

嘀嘀的蜂鳴聲響起，洛倫發現來電顯示是封林，急忙往外跑，「哎呀！我還有事，先走了！」

＊＊＊

洛倫匆匆趕到封林的辦公室。

封林說：「走吧，一起去吃飯。」

「稍等一下。」洛倫把一個餐盒放到封林面前，「嘗一下，歡迎提意見。」

封林打開餐盒，「哇！妳做的？」

「嗯。有時候吃膩了機器人做的飯，我會自己做一點。」反正他們都不認識真正的洛倫公主，她說喜歡做飯，頂多就是被認為有錢有閒人的小怪癖。

「那我不客氣了。」

封林每道菜都嘗完後，驚歎地說：「好好吃，不比那些星級大廚差。」

洛倫徹底放下心來。既然封林和千旭都喜歡，證明她的手藝很不錯，也許真的可以開一家餐廳。

想到她有一技之長，即使沒有公主的身分，也可以自立謀生，洛倫一下子心情大好，似乎整個人都更有底氣了。

人真是奇怪的生物：希望得到他人的關心照顧，可如果完全依靠其他人的照顧生存，又會茫然不安，日子長了，甚至會因為缺乏自信，活得越來越卑微。

封林看洛倫只是看著她吃，「妳呢？」

洛倫拿出一罐營養劑，笑瞇瞇地喝起來。下午要做體能測試，星網上的資料說不能沒有能量，否則無法完成測試，可也不能多吃，否則會腸胃不適，引發嘔吐。最好的選擇自然是營養劑了。

封林笑嘻嘻地問：「妳這麼聰慧能幹，妳家辰砂知道嗎？」

已經習慣了她的玩笑，洛倫淡定地說：「妳去問他吧！」

封林「呃」了一聲，不說話了。

洛倫坐到封林對面，露出很狗腿地笑，「吃了我的飯，幫我個小忙吧！」

「什麼忙？」封林很雀躍的樣子。

「楚墨的口味，我打算送餐盒去刷楚墨的好感度。」

封林懵了，「妳就算要刷好感度，也應該去刷辰砂的好感度吧！」

「楚墨可是聯邦醫療健康署的署長！」

「辰砂可是我們聯邦軍隊的指揮官！」身為聯邦軍人，封林都要拍桌子了。

「我又不去參軍。」洛倫揮揮手，一副辰砂是浮雲的樣子。

「難道妳想當醫生？」封林大驚。

「人總會生病吧！楚墨不但是聯邦最優秀的醫生，還管著聯邦所有的醫生。為了自己的生命安全著想，我覺得很有必要盡早建立良好的醫病關係。」

「妳……認真的？」

洛倫點頭，認真得不能再認真了。雖然不知道千旭是什麼病，但楚墨總會有幫助的。

封林摸摸洛倫的頭，一副「乖！別鬧」的樣子，「我勸妳，還是把餐盒送給辰砂吧！楚墨和辰砂從小一個被窩睡大，青梅竹馬……呃、兄弟情深。只要辰砂不同意妳死，楚墨一定會救妳，反之……」封林露出「你懂的」表情。

「啊？」洛倫傻眼了。

✴ ✴ ✴

吃完中飯，休息了一會兒後，封林帶洛倫去訓練場。

根據封林的介紹，在奧丁聯邦，體能測試大致分為兩種：一種是針對普通公民的測試，在星網上報名後，就近選擇測試地點，全程由智腦監控，在機器人的協助下，依靠各種檢測儀器得出最終評級；另一種是針對軍人和特殊職業者的測試，會有專門的考官監控，儀器評分只做為參考，體能評級由考官決定。

因為封林的特殊關注，洛倫「榮幸」地成為第二種人，享受軍人的同等待遇。

封林遞給洛倫一套黑色的訓練服，要她換上。

「這種訓練服是軍隊專用的，不僅有保護作用，還可以監控、採集各項身體資料變化。」

大概洛倫的表情太過無所謂，封林特意叮囑了一句：「很多人很忌諱自己的資料外洩，所以不要隨便穿來歷不明的訓練服。」

洛倫覺得那是高手才該操心的問題，像她這種人，不用研究資料也能輕鬆碾壓！不過封林一片好心，她笑著答應了。

換好訓練服出來後，洛倫看見紫宴穿著綠色的叢林作戰服，站在封林身邊，對著虛擬螢幕，指指點點地說著什麼。

怎麼就撞見這位大爺了？

洛倫剛微不可見地蹙了下眉，紫宴已經笑瞇瞇地看過來，「妳那是什麼表情？很不高興見到我嗎？」

洛倫慢吞吞地上下瞅了他一眼，「難道我應該很高興見到你嗎？那置我家辰砂於何地？」

自從她發現可以用辰砂的名號噎住封林後，已經很擅長驢蒙虎皮、狐假虎威了。再說，馬上就有正事要做，也不怕紫宴胡來。

紫宴笑得兩隻桃花眼瞇成了一條縫，望著洛倫身後，拖長聲音說：「喏！妳家的辰砂耶！」

哪有這麼巧？肯定耍她的吧！洛倫將信將疑地回頭，看見一群士兵簇擁著一個穿著作戰服的男人往重力室的方向走，她望過去的剎那，那個男人也正好回頭，可不就是辰砂嘛！

視線一對，洛倫嚇得心肝脾肺都噗通噗通亂跳，急慌慌地轉回頭，努力裝「和我無關、我什麼都沒做」。

紫宴對辰砂愉快地揮揮手，一副要找辰砂長聊的樣子。

洛倫簡直要跟他下跪了：大爺，我知道錯了！您就饒了我吧！

封林瞪了紫宴一眼，「行了，適可而止！我們還要測試體能呢！」

＊　＊　＊

體能測試分為四個環節：力量測試、柔韌性測試、對抗性和靈敏性測試、潛力測試。

第一個環節很簡單，反正力氣就那麼大，按照封林的指示，把四肢的力量盡全力爆發出來就行。

第二個環節也不算難，跟著一個模擬人像做各種扭來扭去的動作，從易往難，一直做到再也做不到為止。

前兩個測試完成後，封林讓洛倫休息半個小時，恢復一下。

封林說：「下一個測試，你要和考官過招。」

星網上說這個環節最恐怖了，完全就是被考官虐打，很多人甚至會受傷。洛倫緊張地問：「是妳測試我吧？」

「我要觀察妳的動作、監測妳的資料。不過，考官妳認識，不用緊張。」

正說著，滑動門打開，紫宴走了進來，洛倫立即覺得整個人都不好了，小小聲地問封林：「不能換個人嗎？」

紫宴耳聰目明，聽了個正著，揚聲說：「妳想要妳家辰砂來？行啊！他的訓練應該就快完了，我這就幫妳去找他……」

洛倫立即說：「不用、不用了。」

「真的不用？千萬不要勉強！」紫宴還拿翹，轉身要走的樣子。

洛倫著急地喊：「真的不用！一點都不勉強！」

「紫宴！」封林叫住他，替洛倫解圍，「辰砂不適合做這件事，別人我又不放心，既怕逼不出洛倫的實力，又怕不能收發自如傷著洛倫，只能麻煩你。」

洛倫點頭哈腰，狗腿地說：「麻煩了！」

紫宴慢悠悠地走回來，吩咐智腦調出前面的測試成績。

他嘖嘖感歎：「就妳這水準，還敢嫌棄我？如果不是封林開口，妳跪求我來我都不來！」

「是、是、是！您一代高手，千萬別和我一般見識。」

洛倫這回已經明白封林的苦心。也許找個C級體能的考官就足夠了，但她實在小心，竟然大材小用地請來紫宴。

休息時間結束後，洛倫和紫宴一起進入對戰室，封林在外面透過螢幕監看。

對戰室的設計很特殊，地面凹凸不平，還有高低粗細不一的金屬柱。

根據星網上的攻略，作戰室環境不定，但不管任何環境，千萬別指望能打倒考官，一門心思考慮怎麼躲就行了。在考官手下堅持的時間越長，得分就會越高。

紫宴笑嘻嘻地說：「開始吧！」

洛倫恭敬地鞠躬：「請考官指教。」

紫宴懶洋洋地招招手，示意她放馬過來。

洛倫不前進，反而轉身就跑，想要躲到柱子後。一抬眼，紫宴卻已經站在她前面，飛腳踢過來，直踹她心口，完全是要廢了她的架勢。

這傢伙絕對是藉機報復！洛倫嚇得跌倒在地，連滾帶爬，才堪堪避開。

紫宴根本不給她喘息的機會，招招緊逼，每一招都直擊要害。

洛倫明知道他不可能殺了她，但他的招式氣勢驚人，絲毫不留餘地，讓她根本不敢拿命去賭，嚇得拚盡全力，上躥下跳、左躲右閃。

不到十分鐘，封林喊停。洛倫精疲力竭地撲倒在地，一動也不想動了。

紫宴蹲到她身旁，歎氣，「難怪阿爾帝國把妳送過來！反正留著也只是浪費資源，不如讓妳去浪費別人的。」

洛倫疲憊地閉著眼睛，一聲不吭。真的很弱呢！不過，也不是壞事啊！

都被這樣逼迫了，依舊沒有觸發隱藏屬性，證明她沒有身懷絕技，壓根沒資格從事「非法潛入、危害帝國安全」這種高風險的工作！

雖然仍舊不明白她是怎麼出現在G9737基地的，但肯定不會是間諜了。

一直壓在洛倫心口的一塊巨石終於放下，她安心地笑了；就這樣簡簡單單地活著，才是最好的。

紫宴含著笑，不輕不重地彈了下她的額頭，「竟然還能笑得這麼開心，真是個怪胎！」

＊ ＊ ＊

最後一個環節的測試是潛力測試，在重力室裡跑步，說難不難，說簡單不簡單。

封林介紹說重力會不斷變化，人體承受的壓力也會不斷變化，所以盡量堅持，堅持到不能堅持為止。

洛倫點點頭，進入重力室。

紫宴本來要走，莫名其妙地臨時改變主意，站在封林身旁，打算旁觀。

「你不是還有事嗎？」封林掃了他一眼。

紫宴笑瞇瞇地說：「妳以為她能堅持多久？不差這幾分鐘。」

封林想反駁，可看看前面三項的成績，什麼話都說不出來。

重力室的智腦提供了各種自然環境的影像，讓洛倫選擇自己想要的測試環境。

洛倫本來想選個「鳥語花香、小溪潺潺」的環境，也許心情愉悅了，能多堅持一會兒。可是，挑來挑去時，突然看到一個影像，和G9737的環境很像，她鬼使神差地手一抖，竟然選擇了它。

智腦宣布：「測試開始。」

剎那間，重力室消失。

洛倫置身在一片荒原上。

四野一望無際，植被枯黃稀疏，天地間沒有一個人影。

明明知道它是假的，但一切逼真得就像回到了第一次睜開眼睛的那一天。

洛倫暗歎口氣。算了，就這樣吧！反正只是個體能測試，能跑多久就跑多久。

東西南北都是一模一樣的景色，洛倫隨意選了一個方向，開始往前跑。

剛開始不算難，只是覺得比普通的跑步累一點，似乎穿了一身比較沉重的盔甲。

隨著時間流逝，重力場的級別加大，洛倫的體力漸漸不支，步伐一點點放慢，直到不知不覺中變成了走。

四周的空氣像是濃稠的黏漿，包裹在她身上，擠壓著她的身體，呼吸變得很艱難。

她覺得越來越痛苦，沉重地喘著粗氣，每邁出一步，都好像要使出全身的力氣。

因為缺氧，洛倫的腦袋有些糊塗，似乎忘記了很多事。

她不知道自己是誰，也不知道這是哪裡。

從睜開眼睛就開始走，已經走了很久，但是，還沒有找到一個人。

整個世界好像只剩下她。

洛倫又累又餓，但是，她不敢停下。

一旦停下就會死在這裡！

死亡很恐怖，可比死亡恐怖一萬倍的是不知道自己是誰，不知道自己在哪裡，什麼都不明白地孤獨死去。

身體的每個細胞都叫囂著疼痛，腦袋似乎被切割成兩半。一半說：不要停，繼續走下去，一定可以找到答案！另一半說：不要自我欺騙了，堅持得到的只是痛苦，不是答案！

絕望恐懼中，她只能一遍遍告訴自己：每個人都有名字，她也一定有！

＊　＊　＊

重力室外。

封林神情凝重，眼睛一眨不眨地盯著記錄儀。

「就要七個小時了。在這項測試中，基地新兵的最好記錄是七小時三十三分。」可是，基地的新兵是從聯邦各地選拔來的最優秀、最有潛力的戰士，體能最差的也是C級，洛倫卻是喝一口B級飲料就會暈倒的廢材。

封林心有點慌，遲疑地問：「要不要中止測試？」

紫宴面無表情地看著洛倫蹣跚而行的身影，「第一代執政官的命令說，為了保證選拔公平，任何人不得干涉測試。妳打算為了她，打破基地的規定？」

這樣做的後果太嚴重，封林不敢做決定。

記錄儀上記錄時間的紅色數字一點點跳動，封林覺得自己的心跳得越來越快，「再這麼下去，她會死的！」

紫宴不吭聲。

「不是說阿爾帝國的公主都很嬌氣嗎？她怎麼比軍人還能吃苦？」封林氣急敗壞地推了紫宴一下，「趕快想辦法！」

紫宴慢悠悠地說：「我們是無權干涉測試，但是，有人有權。」

封林恍然大悟，立即發訊息找人幫忙。

幾分鐘後，辰砂出現在重力室外。

封林著急地說：「七小時二十分，還有十三分鐘就會打破基地的新兵記錄。」

她調出洛倫之前的測試成績，「前面三項測試，她也都打破了記錄，有史以來最差的記錄。」

辰砂掃了一眼螢幕上的資料，看向重力室裡面——

莽莽荒原上，一個單薄的身影踉踉蹌蹌、搖搖晃晃，似乎下一秒就會摔倒在地，可是，她又總是沒有倒下，就像那種長在岩石縫隙中艱難求存的野草，柔弱得似乎一根指頭就可以摧毀，卻又頑強得能絕地而生。

封林焦急地說：「你快點！她這樣下去，真的會出事！」

✵ ✵ ✵

重力室內。

洛倫全身上下都在痛，似乎身陷地獄，就要死去。

可是，她還沒有找到答案……

突然，四周的一切都靜止。

風停止了吹拂、樹停止了搖擺、星球停止了轉動。

一束光照了進來，一個人出現在光束裡，巍峨如山、冷漠似雪，彷若遙不可及的天神。

莫名地，洛倫心頭浮現出一個名字——辰砂。

她認識他！那麼，他也應該認識她！

洛倫跌跌撞撞地撲過去，腳下一軟，整個人撞進了他懷裡。

她抓著他的衣襟，聲音嘶啞地問：「我、我……是誰？」

還沒有等到心心念念的答案，眼前一黑，失去了意識。

＊　＊　＊

重力室外。

封林鬆了口氣，「這不算是打破基地的規定。洛倫不是士兵，辰砂是她的丈夫，根據聯邦法律，如果體能測試有可能傷害到洛倫，身為親屬的辰砂有權要求中止測試。」

紫宴目光幽深，「真是令人好奇！如果辰砂沒有進去，她會不會至死方休呢？」

封林順著紫宴的目光，看到螢幕上最後定格的時間——7:34。

紫宴說：「妳最好把她的測試成績加密，沒有授權不得查看。」

封林心裡一緊，看向重力室裡面——

辰砂盯著趴在地上的洛倫看了一瞬，身體僵硬、臉色冰冷地抱起洛倫。他一臉嫌棄，她卻嘴角上彎、眉目舒展，流露著如釋重負的輕鬆和依賴，就好像一個迷路的孩子終於找到了家。

Chapter 4

被遺棄的人

在荒原上孤零零一個人跋涉時，以為只要找到人就好了，
可原來即使置身人群中，她仍然是被遺棄的人。

洛倫清醒時，已經是第二天下午，在基地附屬醫院的醫療艙裡。

她懵懵懂懂地坐了一會兒，才想起失去意識前的事。

竟然又暈倒了！而且，哪裡不暈，為什麼非要不知死活地暈倒在辰砂懷裡？

不會是他一怒之下揍了她，她才進醫療艙吧？

「我怎麼會受傷？」

清初說：「只是身體消耗過度，借助醫療艙讓各個器官迅速得到休息，醫生說睡一覺就沒事了。」

「這樣啊！」看來辰砂比她想像的有人性。

清越哭喪著臉說：「公主又不參軍，幹嘛要按照軍隊的標準去測試體能呢？他們不心疼，公主自己也不心疼自己嗎？」

洛倫看她眼睛泛紅，估計一直守著她，顧不上休息，心裡一暖，笑著說：「讓妳擔心了，是我

自己沒有掌握好分寸，和封林他們沒有關係。」

「怎麼可能和他們沒關？一幫居心叵測的異種……」

「閉嘴！」

洛倫第一次疾言厲色，把清越和清初都嚇了一跳。

✳ ✳ ✳

封林出了電梯，急匆匆地朝洛倫的病房走去。

突然，她停住腳步。

病房外，紫宴倚牆而站，一邊拋玩著幾張塔羅牌，一邊仗著超常的聽力異能，在正大光明地偷聽。

封林走過去，無奈地問：「你最近很閒嗎？」

紫宴瞥了她一眼，吊兒郎噹地說：「我現在不是正在工作嗎？呦！聽聽！咱們可都是居心叵測的異種……」

「公主說的？」封林臉色難看，抬腳就要往病房裡衝。

「不是！」紫宴一把抓住她，笑眯眯地做了個噤聲的手勢，示意她別激動，好好聽戲。

✳ ✳ ✳

病房內。

洛倫看著清越，嚴厲地說：「我再也不想聽到妳用這樣的口氣說『異種』兩個字！」

清越含著淚，滿臉不服氣，「我又沒說錯，他們本來就是『攜帶異種基因的人類』！」

清初不停地拽清越的衣擺，暗示她別再說了，可是，清越壓根不理會。她梗著脖子，振振有詞地問：「如果不是他們居心叵測，公主怎麼會來奧丁？如果不是他們，我們現在還好好地待在阿爾，和親人朋友在一起，難道公主不恨他們嗎？」

洛倫被問倒了。

真的洛倫公主肯定恨奧丁吧！

但是，她是假的。

如果不是奧丁聯邦逼娶洛倫公主，她已經死在G9737基地。從某個角度來說，奧丁聯邦救了她，雖然不至於感恩戴德，但她的確對奧丁聯邦沒有絲毫惡感。

而且，她失去了所有記憶，對「異種」沒有絲毫既定的觀點和偏見，所有的瞭解是從紫宴、封林、千旭……他們開始。

迄今為止，她不覺得自己比他們更聰明、更能幹、更優越。

清越看洛倫不吭聲，越發理直氣壯，「公主明明恨著他們，何必要委屈自己……」

「我不恨他們！」洛倫斬釘截鐵地說出了真實的想法。她只是接收了公主的身分，沒有接收公主的愛，更不會接收她的恨。

清越不敢相信地瞪著洛倫。

「奧丁聯邦只是提出要娶一位公主，沒有指明是我！逼迫我出嫁的不是奧丁，是阿爾！做為被阿爾帝國拋棄的公主，如果要恨奧丁，那就更要恨阿爾！我是不是還應該去找打暈我、把我扔上飛船的阿爾皇帝報復？」

清越神色窘迫，不能回答。

洛倫堅定地說：「從登上飛船開始，我就已經決定了，只為自己而活！星際浩瀚，何處不能安家呢？」

清越喃喃說：「可是，這裡是奧丁聯邦，他們都是異種啊！」

洛倫知道不應該用自己的標準去要求清越和清初，但是，這裡是奧丁，為了她們的安全，也為了自己的安全，她必須盡可能糾正她們倆的想法。

「妳也說了，這裡是奧丁聯邦，圖一時說話痛快，得罪了人，誰會受罪呢？清越妳一直抱怨安達對清初和顏悅色，對妳總是冷言冷語，妳有沒有想過安達為什麼這樣？安達對妳只是略施懲戒，如果換一個心胸狹隘的人，憑他的地位，有無數種方法弄死妳！到那時，妳覺得阿爾的皇帝會替妳申冤嗎？」

清越臉脹得通紅，狠狠地咬著唇，淚珠在眼眶裡滾來滾去。

洛倫覺得微觀利益敲打完了，可以再講講宏觀大道理。

「妳們倆的基因是純粹的人類基因嗎？」

清初看了一眼沉默的清越，細聲細氣地回答：「聽說我的先祖是很有名的星際探險家，他為了獲得夜間視力，仿照貓科動物的基因編輯修改過自己的基因，還做過美化容貌的基因手術。」

「清越，妳呢？」洛倫問。

清越僵著臉、硬邦邦地說：「我們的基因怎麼可能和公主一樣珍稀？我的祖先個子不高，修改過身高的基因，還做過美化容貌的基因手術。」

洛倫說：「在很久很久以前的古地球時代，有一個『五十步笑百步』的故事，講的是一群士兵上戰場打仗，因為害怕，都逃跑了，結果，逃跑五十步的士兵嘲笑逃跑一百步的士兵。妳們覺得那逃跑了五十步的士兵應該瞧不起逃跑了一百步的士兵嗎？」

清越和清初表情十分複雜，都不吭聲。

洛倫一手拉住清越，一手拉住清初，「我們已經在奧丁聯邦了，總想著它的壞處，只會讓自己不開心，嘗試著去發現它美好的一面，讓自己過得開心一點，好嗎？」

清初立即點點頭。

清越遲疑了一會兒，最終也輕輕點了下頭。

洛倫想，眼下只能先這樣了，如果她們還是無法接受奧丁，也許，等到她有能力了，再想辦法把她們送回阿爾。

＊　＊　＊

病房外。

紫宴一邊偷聽，一邊轉述給封林聽。

封林第一次聽到「五十步笑百步」的典故，越品越覺得有意思。

現行。

突然，一個高大的身影悄無聲息地站在她和紫宴身旁。

封林驚訝地抬頭，看是辰砂，十分尷尬。不管怎麼說，他們這是偷聽人家老婆的壁腳，被抓個現行。

紫宴卻沒有絲毫不好意思，神情自若地把洛倫之前說的話簡單複述了一遍，笑瞇瞇地問：「是不是很有意思？」也不知道他問的究竟是公主有意思，還是故事有意思。

辰砂不動聲色，淡淡說：「故事是有點意思。」

封林興奮地說：「諷刺得又毒辣又精準！我一直覺得，那些人自個兒也不乾淨，卻總是擺出一副高高在上的嘴臉。下次我去參加星際學術大會，再有人甩臉色給我看，我就學公主這招，跟他們講故事，好好噁心他們一下。」

封林瞅著辰砂，話裡有話地感慨：「我們運氣不錯！本來以為是個大麻煩，沒想到公主腦子這麼清楚，性格又好，和我想像的完全不一樣。」

「是挺不一樣！」紫宴目光幽深，把一張牌彈出去，「如果不是她毫不推拒地做了身體檢查，我都要懷疑她是個假貨了。」

封林踩了紫宴一腳，「你的職業病可真是不輕，自己是賊就看誰都是賊。我親自幫她抽的血，檢查結果百分之百的人類基因，非複製體，絕對真的不能再真的自然人。」

辰砂冷冷問：「你們都很閒嗎？要不要幫我去訓練新兵？」

紫宴隨手一揮，把所有塔羅牌收起來，轉身就走。

「喂，你去哪裡？」封林問。

紫宴頭也不回地說：「彙報工作！去向執政官閣下彙報五十步笑百步的故事。」

封林對辰砂尷尬地笑，「我是來巡查病房的。」

＊　＊　＊

洛倫穿好衣服，正準備找醫生問問可不可以出院，門鈴聲響起。

洛倫說：「請進。」

門緩緩滑開，封林走進來，看洛倫的眼神格外溫柔。

洛倫覺得詭異，「妳幹嘛這樣看著我？」

「恭喜妳啊！」封林一邊檢查醫療艙的各項數據，一邊說：「妳的體能是E級，但潛力非常高，好好訓練，有可能成為A級。」

一個有希望的廢材？

洛倫琢磨了一下，決定忽略「廢材」，只看重「希望」。

「看來我還有很多的進步空間。」

「不只是很多！妳知道妳昨天在重力室裡堅持了多久嗎？」

「多久？」

「嗯……反正很久！妳是怎麼做到的？」

「妳不是告訴我盡力堅持嘛！」身陷絕境，不是生就是死，自然就能做到了。

「每個人都知道，但那只是一個測試，沒有人會像妳一樣豁出命地去堅持。」

「我也不知道為什麼能做到那樣。」洛倫心裡有鬼，不想再探討這個話題，「我現在身體沒事了吧？可以回去了嗎？」

「沒問題，可以回去了。」

洛倫正準備叫飛車，封林指指外面，「辰砂來接妳出院了。」

她風騷地眨眨眼睛，做了一個撕開自己衣服、挺起胸膛撲上去的姿勢，用口型無聲地說：「搞定他！」

洛倫立即覺得整個人都不好了。

＊　＊　＊

洛倫跟著辰砂上了飛車。

兩人並排而坐。

辰砂面無表情、沉默不語。

洛倫如坐針氈，心裡不停地暗罵清越和清初不仗義，竟然毫不猶豫地扔下她溜掉了。

她覺得在這麼狹小的空間裡一直不說話好像很尷尬，也有點不禮貌，於是她陪著笑，沒話找話地說：「你應該工作很忙吧？麻煩你來接我真是不好意思……」

「閉嘴。」

「為什麼？」洛倫腦袋一熱，脫口而出。

「不用假笑，也不用沒話找話。」辰砂頓了頓，「不是我想來接妳。執政官聽說妳暈倒了，命令我表現一下。」

還真是犀利坦率啊！不過，說開了也好，不用演戲了！洛倫默默地撇過頭看窗外風景，心裡吐槽周圍的人比他們「夫妻」更操心他們的「夫妻關係」。

飛車停在房子前，洛倫說了聲「謝謝」，立即下車。

一走進大廳，竟然看到了紫宴。

洛倫禮貌地打招呼：「公爵！」

紫宴笑瞇瞇地回應：「公主！」

本以為禮節性地問候完，兩人也就擦肩而過，各忙各的事了。

沒想到，紫宴竟然風姿綽約地走過來，擺出一副長聊的姿態。

洛倫被他擋住路，只能配合地問：「有事嗎？」

紫宴笑得十分曖昧，「昨天在重力室，妳一見辰砂，就熱情地撲過去抱住了他。」

洛倫滿臉驚訝，「啊？真的嗎？我不記得了。」

一個忘字訣將所有丟人的事一筆勾銷。她會說「看到辰砂出現在光柱裡時，簡直覺得像是拯救我的天神降臨，激動得熱淚盈眶」這麼丟人的話嗎？

「一點印象都沒有了？」紫宴滿臉遺憾。

洛倫也很遺憾，「當時精疲力竭，腦子一團混亂，根本不記得發生了什麼事。」

「哎呦！可憐的辰砂，被人又摟又抱、便宜占盡，還沒有人負責！」紫宴睨著剛走進來的辰砂。

「三秒內，滾！」

紫宴立即舉起雙手做投降狀，「執政官有話要我轉告公主。」

辰砂一言不發地從他們身邊走過，向樓上走去，表明完全沒興趣。

洛倫疑惑地看著紫宴，不知道奧丁聯邦的大老闆要告訴她什麼。

「執政官說辰砂從沒有談過戀愛，如果哪裡做得不好，請妳多多包涵。」紫宴明知辰砂聽力不比他差，還裝模作樣地湊到洛倫耳畔，低聲說：「再告訴妳一個祕密，辰砂還是處男，好好享用哦！」

辰砂像是利劍一般直刺過來，紫宴狼狽地連翻帶跳，直接從窗戶逃出去。

洛倫一臉呆滯。為了不被滅口，剛才的話還是裝沒聽見吧！

辰砂看向洛倫，洛倫立即顧左右而言他，「紫宴說的那個重力室的事……我當時真的已經累糊塗了，抱歉！」

「沒什麼，就像是抱著一隻黏皮鼬而已。」辰砂輕描淡寫地表示不介意。

洛倫慢吞吞地往自己的房間走，一邊覺得應該感謝辰砂的寬宏大度，一邊又總覺得哪裡不對勁。

她默默琢磨了一會兒，上星網搜索黏皮鼬。

身長一米七到兩米二，形似臭鼬，卻沒有毛髮，渾身分泌黑綠色黏液，散發著濃烈臭味的原始星生物。

洛倫盯著黏皮鼬的圖片看了一分鐘，默默地登錄「原始星歷險」的打怪遊戲。

輸入辰砂的頭像，把怪物全部替換成辰砂，然後，她拿起鐳射劍，開始凶猛地一個個砍怪。

你才是黏皮䶌，你們一家都是黏皮䶌！

✷ ✷ ✷

早上。

洛倫縮躺在沙發上，瀏覽《古地球史》。

蘋果、塔羅牌、五十步笑百步的故事，都和古代有關，一件、兩件是巧合，三件則必定有原因。

可以肯定，自己一定因為某種原因，對古代的風俗文化比較瞭解。

但是，她的知識很零散，並不系統深刻，不像是從事這方面的專業研究，那究竟是什麼原因呢？

一種可能，如果有很親近的人從事相關職業，那麼朝夕相處、耳聞目睹下，她很有可能知道這些知識。

是她的父母從事相關職業？還是……她的戀人？

想到前一種可能，她很悲傷，因為不知道父母是否仍然健在，是否會因為她失蹤而痛苦；想到後一種可能，她覺得很驚悚。

「不可能、絕不可能！」洛倫抓著頭髮，用力搖搖頭，把腦子裡的念頭趕了出去。

「嘀嘀」的蜂鳴聲響起，洛倫看是封林，立即接通視訊通話。

封林穿著白色的工作服出現在她面前，「正在做什麼？」

「看書。」

「一個人？」

洛倫睨著她，「妳覺得我能和誰在一起？」

「辰砂啊！妳可是已婚女士。」

洛倫皮笑肉不笑地說：「謝謝提醒哦！」

封林聳聳肩，「來研究院吧！中午一起吃飯，吃完飯我們聊聊。」

✷ ✷ ✷

三十分鐘後，洛倫和封林在餐廳門口碰面，一起走進餐廳。

兩人要了不同口味的營養餐，坐在靠窗的位置上。

封林問：「妳和辰砂最近怎麼樣？」

「挺好的啊！」洛倫真誠地覺得，「相敬如冰，互不騷擾」就是他們最好的相處方式。

「別裝傻，我是說你們的感情有沒有進展？」

洛倫戳著盤子裡的糊狀營養餐，慢吞吞地說：「如果妳真的很希望我們倆的感情有進展，倒是有個方法。」

「什麼方法？」

「你和辰砂熟，可以找他談談，叫他熱烈地追求一下我，打動我的芳心，讓我愛上他。」洛倫眨巴著眼睛，「我從沒有談過戀愛，肯定很容易被打動。」

封林徹底傻眼了，顯然，這是絕不可能發生的事。

洛倫心裡竊笑，辰砂這塊板磚真是太好用了，哪裡需要就可以往哪裡搬。

封林猶豫著想說什麼。

突然，她臉色大變，像箭一樣破窗而出，飛躥出去。

發生了什麼事？

洛倫一頭霧水地東張西望，聽到一聲聲咆哮傳來，有人撕心裂肺地吼：「A級體能，突發性異變！有人員重傷！請求援助……」

整個餐廳陷入了死一般的寂靜，所有人表情沉重、一動不動地坐著。明顯他們很關心外面發生的事，卻沒有一個人出去。

洛倫試探地問附近的人：「要不要去幫一下封林？」

他們的目光很奇怪，隱隱透著痛苦和無助，竟然沒有一個人回答她。

洛倫很不喜歡這種只有她一個人被蒙在鼓裡的感覺，一咬牙，輕手輕腳地從剛才封林破窗而出的地方鑽出去。反正封林說了，不允許她進入的地方都不會開門，應該不會誤撞什麼軍事機密。

洛倫循著聲音傳來的方向走去，穿過綠化林帶，看到眼前的一切，一下子石化了——

空曠的路上，飛沙走石、一片狼藉，一隻兩米多高的野獸正張著血盆大口在憤怒地咆哮。

不遠處，幾個士兵抱著兩個血肉模糊的士兵往後撤退，還有一個來不及被救走的士兵無聲無息地躺在地上，不知是死是活。

封林擋在那個士兵身前，和野獸對峙。

野獸聞到血腥氣，更加狂躁了。

牠抬起利爪惡狠狠地拍向封林，一招一式頗有章法，竟像是深諳搏擊。

封林與野獸纏鬥的同時，舉槍向野獸射擊，但不像是為了奪走野獸的性命，更像是為野獸注射藥劑。

野獸的攻擊凶殘無情，封林卻不忍下手，一時間險象環生。

當她從側面，又一次舉槍對野獸射擊時，野獸狡猾地突然一個擺身，後肢用力在地上一蹬，整個身體猛地向前一撲，利爪抓向封林。

眼看封林就要被利爪穿胸而過，辰砂突然出現，以攻為守，人在半空，雙腿連踢，每一腳都直擊野獸眼睛，野獸被逼得向後退去，封林獲救。

楚墨趁機上前，救治那個昏死的士兵。

辰砂一邊和野獸搏鬥，一邊冷靜地問：「鎮定劑？」

封林說：「已注射七十毫升。」

辰砂神情肅殺，再沒有開口。

封林哀求地叫：「再給他點時間。」

野獸躍起，揮爪攻擊，辰砂不退反進，腳尖在野獸揮出的爪子上輕點一下，借力空中翻身，從野獸頭頂掠過，站在野獸的後背上。

野獸狂躁地前躥後跳、左搖右擺，想要把背上的辰砂甩下去。辰砂穩如磐石，猶如長在野獸的背上。

他眼神冷漠如冰，屈膝、彎身、探手、揮刀，一連串動作快若閃電，鋒利的匕首插入野獸的脖頸中。

辰砂飄然落地。在他身後，野獸淒厲地悲鳴一聲，沉重的身軀怦然倒地。

塵土飛揚中，辰砂回身，對著野獸的屍體敬軍禮。

封林悲痛地低下頭，用手掩著眼睛遮去盈盈淚光。周圍的士兵默默地摘下軍帽。

辰砂一言不發，大步離去。

和洛倫擦肩而過時，他的目光在她驚懼的臉上一掠而過，眼神更冷了。

✷ ✷ ✷

洛倫滿腹疑問，朝著野獸的屍體走去，想找封林問一下。

沒想到她剛往前走了幾步，封林嗖一下就擋到她面前，眼神警戒、氣勢駭人，嚇得洛倫立即往後退。

封林反應過來，忙僵硬地笑了笑，掩飾地說：「妳也看到了，發生了野獸傷人的意外事故，很多事要處理，妳先去吃飯，待會兒我們辦公室見。」

洛倫忙說：「好的。」

這一刻，她無比清晰地感受到，雖然法律上她已經是奧丁公民，可其實沒有一個人真正接納她，即使是對她最友善的封林。

她默默地回到餐廳。

餐廳裡已經沒有一個人，空曠的大廳裡，只有清潔機器人轉來轉去地打掃，平時幾不可聞的機器運轉聲，現在卻顯得有些刺耳。

想到辰砂的冰冷目光、封林的戒備表情，洛倫覺得身體發冷，下意識地蜷縮到椅子裡，雙手環抱在一起。

據說，在面對未知事物時，一知半解才最令人恐懼。現在，她滿腦子的疑問正不受控制地化作血腥畫面，讓她越發恐懼。

洛倫回想之前聽到的話，上星網查詢「異變」，搜索到一大堆無用的資料，沒有任何資訊能解釋她剛才見到的事。

洛倫想找個人問一下，就算不能回答她的疑惑，至少能聽她吐吐槽，發洩一下情緒。但是，所有人的反應都在告訴她，這不是一件可以隨意討論的事。

而她，只是一個用著別人名字的可憐替身，沒有國、沒有家，沒有親人、沒有朋友，連想找個人訴下苦都找不到。

洛倫呆呆地看著不遠處擦洗桌子的機器人，鼻子發酸。

在荒原上孤零零一個人跋涉時，以為只要找到人就好了，可原來即使置身人群中，她仍然是被遺棄的人。

眼淚將落未落間，她突然想起什麼，急急打開通訊錄。

好友欄只有一個名字：千旭。

千旭也會把「駱尋」的名字放在他的好友欄裡嗎？真的可以去問他這麼敏感的問題嗎？他會不會敷衍她，甚至終止通話、疏遠她？

洛倫懷著緊張忐忑的心情，發訊息給千旭：「可以視訊通話嗎？」

一瞬後，千旭出現在她面前，關心地問：「怎麼了？」

洛倫期期艾艾、小心翼翼地問：「你知道異變嗎？」

「知道。」他穿著淺藍色的病人服，坐在工作椅上，神情淡定，聲音柔和，似乎洛倫問的問題沒有什麼大不了。

洛倫的心一下子安定了，「剛才我看到一隻野獸。他們說什麼『A級體能、突發性異變』，一個軍官殺死了那隻野獸，卻又對野獸敬禮。被野獸傷到的士兵對那隻野獸，不但不憤怒，還很悲痛。」

千旭坦率地問：「妳想知道為什麼？」

洛倫點點頭。

「『A級體能、突發性異變』就是一個A級體能、攜帶異種基因的人，在毫無徵兆的情況下，體內的異種基因全面壓倒人類基因，不但瞬間改變了他的體貌，還摧毀了他的神智，讓他變成一隻瘋狂的野獸。」

洛倫滿臉驚駭。那隻幾乎殺死三個士兵和封林的野獸，竟然是一個人！

千旭眼裡有隱隱的悲傷，「妳看到的野獸曾經是最優秀的戰士。也許，是那位軍官最信任的下屬，是那些士兵最親密的戰友。」

洛倫心底直冒寒意，不禁打了個寒顫。

曾經最信任、最親密的戰友竟然一瞬間變成吃人的怪物；相互依賴、同生共死的夥伴竟然要揮刀相向、你死我活！

剎那間，洛倫既理解了封林「再給他一點時間」的哀求，也理解了辰砂冷漠揮刀的選擇。

千旭問：「害怕嗎？」

洛倫思緒混亂，下意識地點頭。

人是群居物種，如果全心全意信賴的親人、親密無間的朋友、同床共枕的戀人都會突然變得面目全非，能不害怕嗎？

「你也有可能異變嗎？」話出口，洛倫立即後悔了，覺得自己十分過分，緊張地想要補救，「我、我……胡說的，你、你別生氣……」

「沒關係，妳的問題很正常。」千旭微微一笑，反過來安慰她。他坦然地說：「體能A級以下，突發性異變的機率為零，體能A級以上，異變的機率幾何級遞增。我的體能是A，有一定的異變機率，的確隨時都有可能發生異變。」

洛倫鼻子發酸，完全無法想像這麼溫暖的千旭會變成一隻野獸，暴起傷人。

千旭溫和地說：「剛知道這類訊息的人都會很害怕，有的是害怕自己突然異變，傷害到別人，有的是害怕朋友、親人突然異變，傷害到自己，甚至會患人群恐懼症，畏懼和人接觸。妳可以找心理醫生聊一下，他們會有專業的方法幫助妳緩解害怕。」

他的淡定磊落，就像一縷暖陽，緩緩射入洛倫的心房，把裡面因為恐懼而滋生的黑暗漸漸驅散。

洛倫默默沉思了一會兒，自我開解地說：「其實，換個角度想，就算沒有突發性異變，難道星際間就沒有反目成仇的親人、爾虞我詐的朋友、同床異夢的戀人嗎？只不過一個是有形的野獸，一個是無形的野獸而已。」

千旭很是驚訝意外，「第一次聽到有人這樣理解突發性異變。」

洛倫喃喃說：「這麼一想，突發性異變也沒那麼可怕。我們人類自古以來不是一直在面對這種事情嗎？也許，無形的野獸比有形的野獸更可怕！那種背叛和傷害是找不到藥去治療的。」

千旭目光深邃地看著洛倫，突然伸手拍了下她的頭，讚許地說：「真是個勇敢聰慧的姑娘！」

明明只是個虛擬的人像，應該什麼都感覺不到，可洛倫竟然覺得有點頭暈臉熱，不好意思地說：「你要是見到我剛才被嚇得面無血色的狼狽樣子，就不會這麼說了。」

「勇敢不是不害怕，而是明明害怕，仍然心藏慈悲、手握利劍，迎難而上。」

洛倫眼前浮現出辰砂表情冷漠、動作果決地把匕首刺進野獸脖頸的一幕，不禁想那座冰山也會害怕嗎？立即又覺得自己想多了。

千旭看她有心思走神了，肯定情緒已經平復，笑著指指洛倫的餐盤，「吃飯吧，我的治療時間到了。」

洛倫真誠地說：「謝謝！」

「只是說了幾句話而已，有什麼好謝的？」

洛倫微笑著沒有再多說。不僅僅是幾句話，而是她清楚地知道，有人願意花時間聽她傾訴、願意耐心地回答她的問題，還會體貼地安慰鼓勵她。

茫茫人海中，她有一個朋友，並不是孤單一人。

＊　＊　＊

洛倫去封林辦公室時，特意從餐廳裡帶了幾罐營養劑。

「正覺得餓呢！謝謝！」封林接過營養劑，放到桌上。

紫宴也不知道從哪裡冒了出來，隨手拿一罐，倚著牆喝起來。

封林眉頭緊蹙地問：「怎麼樣？」

紫宴笑著說：「有奧丁聯邦最優秀的醫生楚墨在，妳擔心什麼？他說三個月後，傷勢最重的傢伙也能完全康復。」

封林一下子眉眼舒展，整個人看上去輕鬆了許多。

能把傷害控制到最低，洛倫也為他們高興，識趣地主動告辭：「你們應該都有事忙，我就先回去了。」

封林抱歉地說：「等我把手頭的事處理完了，再和妳約時間。」

洛倫正要傳訊息叫清初來接她，紫宴突然插嘴說：「我也要回去，公主可以坐我的飛車。」

發自內心地講，洛倫真的不想和這個心思莫測、狡計多端的傢伙多接觸，但拒絕他的後果只怕更嚴重。人在屋簷下，不得不低頭啊！

✷
✷
✷

飛車疾馳向前。

紫宴一邊隨意地把玩一張塔羅牌，一邊興致勃勃地打量洛倫。

洛倫努力想忽視他，但他的目光越來越肆無忌憚。洛倫一怒之下，索性轉過頭，讓他看個夠。

「我臉上有什麼不該有的嗎？」

紫宴笑瞇瞇地說：「好像是沒有了什麼應該有的。」

「沒有了什麼？」

「緊張、不安，或者恐懼。」

洛倫腹誹：我緊張恐懼，辰砂不滿；我不緊張恐懼，紫宴不滿。你們究竟要鬧哪樣？

「剛開始我很驚懼，但後來平靜下來了。」這樣總滿意了吧？

紫宴話裡有話地說：「公主恢復得很快。」

洛倫故作詫異地說：「不就是野獸傷了人嘛！人都沒事了，公爵覺得我應該緊張多久？」人與人之間的相處是連動的，如果你坦誠，我也會坦誠，如果你欺騙，我也就跟著欺騙。

紫宴沒有回答，食指輕彈，把亮晶晶的紫色塔羅牌彈起，又看著它慢慢地飄落到指尖。光芒流轉中，他嘴角一直噙著笑，眼神卻晦澀難辨。

洛倫心裡一驚。他的體能肯定是A級以上，突發性異變的機率可不低。她不自禁地往車門邊挪了挪。

紫宴抬眼看向她，沒有一絲笑意，風情萬種的桃花眼裡竟然有隱隱的悲哀。

洛倫第一次看到這樣的紫宴，莫名地覺得抱歉和不安，裝作只是整理衣裙，又一點點往回挪。

突然，紫宴做了個要吃她的鬼臉，朝著她「啊嗚」一聲怪叫，洛倫嚇得花容失色，尖叫著向後躲去，整個人縮到座位下面。

紫宴哈哈大笑，瞅著狼狽不堪的洛倫，滿意地點點頭，「嗯，這個表情就對了。」

洛倫又羞又惱，板著臉迅速坐好。

真是腦子進水了，竟然會對這個妖孽心生同情！全世界的人都被他玩死了，他還活得好好的呢！

「喂，生氣了……」

不管紫宴再怎麼逗她，洛倫都當沒聽見，堅決不吭一聲。

✷　✷　✷

洛倫回到家，看到清越和智腦一問一答，正在學習奧丁聯邦的法律條文。

她沒有打擾清越，悄悄離開了。

看來上次的談話產生作用了，清越不再毫無理智地排斥奧丁的一切，開始學著融入奧丁聯邦的生活。

根據穆醫生給洛倫的資料，清越體能E級，有經濟和法律學位，負責處理公主的日常事務；清初的體能是B級，學過格鬥和槍械，承擔保護公主安全的責任，是公主的貼身保鏢。

兩個人的能力都不算出眾，但洛倫覺得自己也不出眾，正好大家一起努力。

洛倫回到房間，去星網上再次仔仔細細搜索了一遍，確定沒有任何突發性異變的新聞。

看來奧丁聯邦對此祕而不宣，她似乎知道了一件不該她知道，卻和她息息相關的事。

洛倫覺得心思浮動，總是靜不下來，看了眼時間，決定去做晚飯，放鬆一下緊繃的神經。

星網上說阿麗卡塔最好的餐廳是珠穆朗瑪餐廳，據說是以古地球上最高的山峰命名，賣得最貴的兩道菜是灌湯小籠包和冬瓜八寶盅，號稱用已經失傳的古老手法烹製原始星上的山珍海味，味道鮮美異常。

洛倫決定就做這兩道菜。萬一哪天被辰砂掃地出門，還可以去珠穆朗瑪餐廳找工作。

冬瓜盅的食材湊不齊八種，那就做四寶吧！

洛倫忙忙碌碌一個多小時，把四寶放進雕好的冬瓜盅裡，再連著冬瓜一起放進蒸爐，小火慢慢蒸。

下面一道菜是灌湯小籠包。

她叫機器人去剁餡，自己準備麵皮。

把麵粉倒進盆子裡時，她喃喃自語：「水可別放多了。」話出口，突然覺得很恍惚，似乎有個人對她說過同樣的話，可仔細去想，又什麼都想不起來。

洛倫怔怔發呆。是教她做菜的人說過這句話嗎？感覺上很溫柔呢！

「讓一下。」

洛倫回過神來，發現辰砂站在她面前，也不知道他什麼時候進來的。

「哦！哦……」洛倫急忙往旁邊讓，卻不小心弄翻了盆子。

本來翻就翻了，大不了地弄髒，叫機器人來打掃。可辰砂是3A級體能，看都沒看，腳尖隨意一踢，盆子就飛了起來，只是盆子裡裝的是麵粉，而且是沒有加水的乾麵粉。

於是，當盆子漂亮的一個翻身，穩穩地落回桌子上時，麵粉卻四散開來。

辰砂不明所以，一個閃身就在廚房外面了。

洛倫沒有那個身手，只能眼睜睜地看著麵粉糊了她一頭一臉。

洛倫欲哭無淚地看著辰砂。辰砂面無表情地問：「妳沒事吧？」

「沒事。」就算有事，她敢找辰砂的麻煩嗎？

「如果不舒服，通知我。」辰砂話音未落，人已消失。

洛倫愣了愣，突然反應過來，原來一天到晚吃營養餐的傢伙從沒見過原始的麵粉呢！

她現在裝中毒暈倒嚇嚇他，還來得及嗎？

洛倫拍拍頭髮，麵粉撲簌簌地飄起。

辰砂剛才進廚房要做什麼？好像什麼都沒做就走了嘛！如果是紫宴，洛倫會覺得一切皆有可能，但辰砂……

她左右看看，目光落在保鮮櫃上，拉開門，空蕩蕩的櫃子裡，一排很整齊的營養劑。

看來是打算用營養劑當晚餐。

他這是因為尷尬，所以連營養劑都沒拿就走了嗎？

＊　＊　＊

半個多小時後，洛倫準備了一個餐盤，交給機器人，吩咐它送到辰砂房間。餐盤上放著冬瓜四寶盅、一籠小籠包和兩罐營養劑。

雖然洛倫對菜餚的味道很滿意，但不知道辰砂的口味，保險起見，營養劑也送了過去。反正她心意已到，吃不吃隨他。

十幾分鐘後，機器人回來了，托盤上是空著的碗碟，兩罐營養劑只剩一罐。

洛倫不禁笑著嘀咕：「胃口不錯呢！」

＊　＊　＊

晚上，洛倫睡覺時，夢到自己走在大街上，周圍是熙熙攘攘的人群，她四處張望，尋找著什麼，突然，所有人都變成了怪獸，對她張開血盆大口。

「啊——」洛倫尖叫著從噩夢中驚醒。

突然，燈亮了，辰砂穿著睡衣站在床邊。

洛倫被嚇了一跳，身體顫慄，驚恐地往後躲。

辰砂立即後退，直接退到了門邊。

兩人隔著一段距離，沉默地對視。

他的目光冰冷疏離，沒有暖意、也沒有惡意。

洛倫從噩夢中真正清醒過來，急劇的喘息漸漸平復。

辰砂轉身離開。

「等一下！」

辰砂停住腳步，洛倫抱歉地說：「我做了個噩夢，剛才不是有意的。」

辰砂回過身問：「妳知道了？」

沒頭沒腦的一句話，雖然用的是疑問語氣，可並沒有多少疑問的意思。

洛倫突然發現，紫宴狡計百出，辰砂直來直往，可有時候這種直來直往更難應付。

她遲疑了一瞬，點點頭。

辰砂冷冷說：「妳只有兩個選擇：克服恐懼，或，被恐懼折磨。」

這人的異種基因是吸血鬼吧！簡直一點人情味都沒有！洛倫故意挑釁地說：「隨時都有可能死，只要是正常人都會恐懼吧！」

「不就是害怕異變後的野獸吃了妳嗎？不想被吃，那就殺了牠！把體能提升到3A級，即使我突然異變，妳也有機會殺了我。」

洛倫的呼吸驟然停滯，他是認真的嗎？

辰砂的眼神冷漠堅定，沒有一絲開玩笑的意思。

洛倫一句話都說不出來，辰砂面無表情地離開了。

洛倫吐出一口長氣，安慰自己：辰砂的意思是只要有力自保，自然不用懼怕他人異變，咱忽略字面意義，領會內在精神就好了！

洛倫躺在床上，翻來覆去睡不著。

她本來以為自己已經接受了事實，可噩夢讓她意識到，她並沒有自己表現出來的那麼淡定。和紫宴同在飛車裡時，她的反應就說明她不是不害怕，只是在無力改變現實的情況下掩耳盜鈴地催眠自己，裝作一切正常。

「克服恐懼，或，被恐懼折磨？」

「手持利劍，迎難而上！」

洛倫猛地坐起來，光棍地嚷了一嗓子：「不就是3A級體能嘛！封林說我潛力很大呢！誰怕誰啊？」

站在露臺上，憑欄臨風、眺望夜色的辰砂回頭盯了一眼洛倫開著的窗戶，又看向了無垠的蒼穹。

Chapter 5

希望總是要有的

也許有一天，我會像你們一樣，找到一份喜歡的工作，有幾個能交心的朋友，知道阿麗卡塔哪裡好玩，哪裡不好玩，像一個真正的奧丁公民那樣在這個星球生活。

「我的目標是成為３Ａ級體能者！」

「妳知道整個奧丁聯邦有幾個３Ａ級體能者嗎？」

「幾個？」

「兩個，執政官閣下和指揮官辰砂。」

什麼？豪氣干雲的洛倫傻眼了。

封林耐心地解釋：「３Ａ和Ａ看似只差兩級，可想跨越這個差距非常難。如果說Ａ級體能者是優秀的人類，３Ａ級體能者就是優秀的非人類。」

她這是被辰砂耍了嗎？在以體能強橫稱霸星際的奧丁聯邦都才只有兩個３Ａ級體能者，辰砂居然要她成為３Ａ級體能者！

誰都不要攔她！她要去剁了辰砂！

封林看洛倫表情精采紛呈，鼓勵地說：「提升體能要一步步慢慢來，先努力成為Ｄ級體能者吧！」

「嗯，知道了。」洛倫關閉視訊，無精打采地走出房間。

客廳裡，辰砂在和紫宴說話。

洛倫暗搓搓地磨眼刀，辰砂突然回頭看向她，洛倫立即揚起狗腿的大笑臉。

辰砂皺皺眉，又轉過頭，不悅地問紫宴：「阿麗卡塔孤兒院六百周年慶典？為什麼是我？」

紫宴對洛倫招招手，示意她過去，「大家投票決定的。咱們那不負責任的執政官在原始星上執行任務，趕不回來，你們夫婦毫無疑問是最適合代表聯邦政府出席慶典的人。」

洛倫一聽和自己有關，立即麻溜地站到辰砂身後。什麼孤兒院面子這麼大，竟然要指揮官出席慶典？洛倫悄悄查了一下星網，才明白來龍去脈。

阿麗卡塔孤兒院成立於戰火紛飛中，最初由一群軍人資助，收養戰爭中父母雙亡的孩子，歷史比奧丁聯邦都久遠。不過，它聞名聯邦不是因為它的悠久歷史，而是出了一位驚才絕豔的大人物——奧丁聯邦的首任執政官游北晨。

他是一個棄嬰，不知父母，在孤兒院中長大，二十歲參軍，一路憑藉戰功，從最底層的士兵變成了中央行政區的指揮官。

那一年，他六十八歲。

當時，星際局勢混亂，以阿爾帝國為首的幾大星國已經成立了人類星際聯盟軍，準備大舉進攻阿麗卡塔星，剿滅異種的叛軍。異種卻依舊各自為政，誰都不服誰。中央行政區雖然是最早反抗人類的異種軍隊，卻因為資源匱乏，一直實力不強，完全不被其他七支異種軍隊的首領放在眼中。七個首領又各自稱王，彼此虎視眈眈，想要吞併對方。

年輕的游北晨提出「成立聯邦、共禦外敵」，被七位一路踏著屍山血骨走來的亂世梟雄當成驚天大笑話。

但是，這位驚才絕豔的人物剛柔並濟、合縱連橫，把大笑話變成了大奇蹟。七支軍隊的首領最終或心悅誠服、或走投無路地放棄軍權、接受了世襲的爵位，宣誓加入奧丁聯邦共和國，游北晨成為聯邦的第一任執政官。

那一年，他一百二十歲。

對人類平均三百多歲的壽命來說，他的人生正當盛年。

之後，游北晨勵精圖治，花了一百多年的時間，將奧丁聯邦變成星際內威名赫赫的軍事大國。他沒有妻子、沒有兒女，一生全都給了奧丁聯邦，等奧丁聯邦穩定後，他功成身退，由第二任執政官執政。

那一年，他兩百六十歲。

兩年後，一代傳奇人物病逝，享年兩百六十二歲。

洛倫算算時間，已經是三百多年前的事情了，奧丁聯邦的執政官都已經是第四任，可是，游北晨的影響依然無處不在。比如，這個百年慶典必須要指揮官出席的孤兒院。

紫宴歡快地說：「我去安排行程，你有任何要求提前告訴我。那裡風景不錯，要留點時間給你們夫婦單獨相處、四處逛逛，增進一下感情嗎？」

辰砂瞪了紫宴一眼。

「我什麼都沒說！」紫宴聳了聳肩，轉身離開。

走著走著，他又回過頭，表情真摯地說：「小朋友們可是都還相信童話裡講的『從此，英雄和公主幸福地生活在一起了』，拜託你倆提高一下演技，別造成未成年人心理陰影，對男女關係絕望。聯邦的結婚率已經很低了。」

「滾！」

洛倫只敢在心裡想，辰砂卻是直接說出了口。

紫宴揮揮手，滾走了。

辰砂思索地看向洛倫，洛倫忙狗腿地說：「我會好好準備，保證完成任務！至於演技，我覺得……也許你可以玩一下虛擬實境的愛情遊戲，我這裡有幾款暢銷全星際的愛情遊戲推薦，很適合沒有戀愛經驗的人……」

辰砂轉身就走。

「不用謝！」洛倫笑瞇瞇地對著他的背影做了個鬼臉。

✷ ✷ ✷

孤兒院依山傍水，風景優美。

慶典在禮堂前的草坪上舉行，按照辰砂的要求，沒有邀請媒體，禁止採訪和錄影。

老院長回顧了孤兒院的歷史，感謝政府一直以來對孤兒院的支持。

辰砂代表聯邦政府發表簡短致詞，祝福孩子們健康成長，成為聯邦棟樑。底下的孩子們繃著小臉，很嚴肅地聽。

洛倫覺得，辰砂像是溫柔版的指揮官訓話，孩子們像是迷你版的聯邦軍隊，兩方都不覺得自己有問題，十分認真嚴肅，越發顯得趣怪。

如果辰砂有了自己的小孩，依舊是這種不苟言笑訓練士兵的樣子嗎？

那不就會訓練出一個不苟言笑、迷你版的辰砂？

一大一小兩座冰山對峙，孩子他媽完全不需要開冷氣了！

洛倫想像著詭異的畫面，忍不住偷笑。

辰砂講完話，視線一轉，正好看到一群緊繃的嚴肅臉中就洛倫一個笑得見牙不見眼，不禁一愣。她還真像石頭縫裡的野草，總是沒心沒肺地燦爛。

洛倫優雅地走上臺，行了一個標準的屈膝禮，笑眯眯地對孩子們說：「各位先生、各位女士，很高興認識你們！第一次見面，我做了一些糖果和糕點，希望你們喜歡。大家排隊去領，挑自己喜歡的顏色和形狀，每個人領一包。想要其他顏色和形狀，就和你的朋友們商量著換。」

清越和清初指揮著幾個機器人抬出幾大筐糖果，站在草坪四周。每個機器人負責一筐糖果，穿著的衣服上印著糖果的顏色和圖案，方便孩子們一看到機器人就可以決定自己想要什麼，到哪裡排隊。

孩子們四處張望，發現有小姑娘喜歡的動物、花草糖，也有男孩子喜歡的戰艦、槍械糖，一下子激動起來，嚴肅的表情再也繃不住，期待地看向老院長。

老院長笑著說「典禮結束」，大家歡呼一聲，四散開來，去挑選自己喜歡的糖果和糕點。等他們發現禮包裡還藏著幸運彩蛋時，一邊啪啪地往地上摔，一邊激動地又笑又叫，畫面頓時從訓練場變成了遊樂場。

洛倫滿意地想，這才像孩子嘛，沒有枉費她煞費苦心地準備禮物。

她現在沒收入，也沒那個臉拿辰砂的錢去做自己的人情，只能多花點心思。清越、清初、家裡的兩個機器人被她使喚得團團轉，連著熬了三個通宵，才準備好所有禮物。

✷ ✷ ✷

老院長領著洛倫和辰砂參觀孤兒院。

洛倫看到來來往往很多穿軍服的人，簡直讓人覺得是進了某個小型軍事基地。

老院長解釋說：「因為孤兒院最早是由軍人資助建立的，一直實行半軍事化管理。孩子們對軍隊感情很深，長大後，很多人會加入軍隊，等他們有了經濟能力後，又會反過來資助孤兒院，一代接一代，形成一種無形的傳統。今天日子特殊，那些已經長大成人的孩子們，肯定會回家來看看。」

原來是這樣啊！洛倫恍然大悟。

在一個向陽的山坡上，一群孩子玩著打仗的遊戲。

他們和別的孩子有著明顯的不同，有的長著奇怪的耳朵和鼻子，有的長著毛茸茸的尾巴，還有一個孩子的皮膚是綠色的。
辰砂的目光驟然變得犀利，不悅地問：「為什麼典禮上沒有看到這些孩子？」
老院長急忙解釋：「因為基因變異，他們的免疫系統不穩定，醫生建議不要讓他們到人群密集的地方，每天的戶外活動時間也很有限。」
辰砂看著那群孩子，想起一件事，「孤兒院申請來軍事基地參觀的事，我已經簽字批准，記得讓這些孩子也來！」
「可是他們的身體……」
「我會叫軍隊的醫生和他們的醫生提前溝通好，把一切安排妥當。」
老院長一下子滿臉笑意，「太好了！其實每次這樣的活動，不能讓他們去，他們難受，我們也很難受。」

突然，孩子們發出清脆悅耳的歡呼聲，原來是一個藏在樹叢裡的「敵方戰艦」被他們找到了。
竟然是千旭，他舉起雙手表示投降，孩子們笑撲到他身上，一群人在草地上滾成一團。
洛倫嚇得嗖一下躲到辰砂身後，辰砂不解地回頭看她。
洛倫立即挽住他的手，把臉藏在他肩頭。
「妳做什麼！」辰砂身體僵硬，想要推開洛倫。
「做什麼？當然是秀恩愛啊！如果小朋友們因為你對男女關係絕望了，你就是聯邦的大罪人！」洛倫像隻八爪章魚般緊緊地扒著辰砂。
辰砂不推了，不過，臉色又冷又臭。

老院長看著這對「怪異夫妻」，小心地問：「去下一個地方參觀？」

辰砂拖著黏在他身上的洛倫往前走。

確認千旭看不到時，洛倫立即跳開，一副「咱們井水不犯河水，一定要保持距離」的樣子。

辰砂冷冷問：「不秀恩愛了？」

洛倫理直氣壯地說：「這裡又沒有小朋友！難道一群成年人還指望著別人照顧他們的心靈？」

＊　＊　＊

洛倫心裡有鬼，接下來的參觀都提心吊膽，生怕一個不小心又撞到千旭。

好不容易熬到結束，老院長卻還有話要私下和辰砂說。

辰砂看了眼時間，對洛倫吩咐：「妳去外面轉一下，十五分鐘後，我們離開。」

洛倫覺得外面太不安全，索性去了女廁——一個絕不可能遇見千旭的地方。

在裡面走來走去，掐著時間等時，一個十二三歲的女孩突然哭著走進來。

她站在鏡子前，看著弄破的裙子，哭得上氣不接下氣。

洛倫關心地問：「是因為裙子破了嗎？」

「嗯。」

「別哭了，我幫妳再買一條新裙子。」

女孩嗚咽著說：「來不及了，待會的演出我不能參加了。」

洛倫看到她放在洗手臺上的糖果包，微笑著說：「哭泣不能解決問題，不如想辦法挽救吧！」

「挽救？」女孩滿臉困惑。

洛倫看了眼時間，把女孩糖果包裡的幸運蛋拿出來，在洗手臺上敲碎，露出一個兒童版的萬能工具棒。

「會用這個嗎？」

「嗯，野外實踐課上有學，有很多工具。」

「我可以用這個禮物包嗎？」當時考慮到不浪費的原則，禮物包是用結實的防水材料做的，孩子們吃完糖果後，還可以把它當做收納包用。

女孩點點頭，主動幫洛倫把剩下的糖果都倒出來，洛倫仔細看了看她的裙子，拔出萬能工具棒裡的小剪刀。

「先用剪刀。」洛倫迅速地剪開五彩繽紛的禮物包，剪了幾隻蝴蝶和花朵出來，「然後，再用工具棒的這頭，知道它是什麼嗎？」

「纖維膠，如果露營的帳篷壞了，可以黏合，很牢固，大雨也浸不透。」

「我們把蝴蝶和花……黏到破了的地方。嗯……這裡雖然沒有破，但髒了，也可以黏一隻蝴蝶。」

女孩看著鏡子裡洛倫漸漸修補好的裙子，驚喜地瞪大了眼。

洛倫看了眼個人終端機，發現和辰砂約定的時間只剩下兩分鐘。她匆匆忙忙把萬能工具棒交給女孩，「我走了！記住，下次哭泣完後記得擦乾眼淚想辦法補救。」

在女孩一疊聲的「謝謝、謝謝」中，洛倫像百米衝刺一樣飛奔出廁所。

她清楚地記得辰砂上次在太空港給她的教訓。
她拚了命地一路狂奔，隔著玻璃門，看到辰砂的小型飛船。
「等等我！」
可是，飛船拔地而起、呼嘯離去。
洛倫彎著腰，喘著粗氣，看了眼時間，超時還不到一分鐘。
她苦笑著，學著辰砂的口氣說：「請公主記住，我不會等妳！」
洛倫的鼻子有點發酸。她牢牢地記住了，這個在法律上和她關係最親密的男人，一分鐘也不願意等她。
洛倫平復了一下心情，開始思考如何解決眼前的現實問題。
孤兒院距離斯拜達宮很遠，幾乎在阿麗卡塔星的另一端，她也不敢真把自己當公爵夫人看，叫安達派一輛小飛船來接她，只能想別的辦法回去了。
她登錄星網去查公共交通路線，發現孤兒院外有一個星際列車站，正好可以到斯拜達宮附近。
洛倫調出地圖，按照語音指示，朝星際列車站走去。

＊　＊　＊

洛倫坐在空蕩蕩的月臺上，一邊等車，一邊研究智腦提供的乘車路線。
隱隱約約，感覺到有人在看她，一抬頭，發現竟然是千旭。

洛倫心中一驚，立即站起來。

千旭走過來，微笑著說：「好巧！妳怎麼在這裡？」

「我、我……我來這邊玩的，聽說這裡的景致很好，現在正打算……」洛倫話出口，忽然意識到時間不對，現在還沒到中午，忙改口說：「我坐上一班列車剛剛到的，正在查地圖，看怎麼走。」

千旭讚同地說：「這裡的確景色不錯，有很多好玩的地方。」

洛倫裝作什麼都不知道地問：「你也是來玩的？」

「附近有一家孤兒院，我在那長大的。今天孤兒院有活動，就過來看看。」

洛倫之前看到他時就猜到了，這回獲得證實，所以並不感到意外，只是有點感同身受的傷感，「難怪咱倆一見如故呢，我也沒有父母，沒有親人。」

千旭沉默了一會兒，說：「伸出妳的手。」

「什麼？」洛倫好奇地把手伸過去。

千旭把一個幸運彩蛋放在洛倫的手掌上，「這是指揮官夫人為孩子們準備的禮物，一個孩子送給我，祝我幸運，現在我把幸運送給妳。」

洛倫握住了仍帶著千旭體溫的彩蛋，掌心裡有微微的暖意傳來。沒想到她送出的祝福竟然這麼快就回到了她手上。

轟鳴聲中，星際列車開進站，廣播提醒乘客上車。

洛倫對千旭說：「你的車到了，我也要去玩了，再見。」

千旭上了列車，隔著車窗看著她。

洛倫笑著對他揮揮手，腳步輕快地朝車站外走去。

沒辦法，自己撒的謊就要自己去承擔，只能等這趟列車開走後，她再繞回來，等下一班列車。

洛倫抬頭看了眼半空中逐漸消失的列車，輕快的腳步立即變得緩慢，挺直的背脊也垮了下來。

轟鳴聲中，列車啟動，越來越快地向前駛去。

反正下班列車半個小時後才會來，她有的是時間。

「駱尋！」

洛倫心神恍惚，沒有反應過來是在叫她，依舊往前走。

一個人拍了一下她的肩膀，她猛地回頭，看到千旭。

「你、你……沒有走？」她太過吃驚，問了一個壓根不需要回答的問題。

千旭微微而笑，「我沒什麼要緊事，晚點回去也可以。妳想去哪裡玩？我陪妳吧！」

洛倫又驚又喜，完全沒想到有人會願意為她改變行程，被辰砂丟下的沮喪和難過徹底煙消雲散。

她握緊了手裡的幸運蛋，似乎，真的有幸運降臨在她身上呢！

洛倫本來沒打算去玩，可現在她突然決定要去好好玩一玩。

「聽說過冒險家樂園嗎？」剛才她查詢公共交通路線時，網頁上根據她搜索的地點，自動推薦了這個旅遊景點。

「當然聽說過，星網上投票選出的阿麗卡塔十大必去景點，冒險家樂園位列榜首，據說每個來阿麗卡塔的人都會去那裡玩。」

洛倫沒想到竟然誤打誤撞選對了地方，興奮地說：「我想去冒險家樂園。」

「走吧！」

千旭帶她走出星際列車站，透過個人終端機叫了一輛無人駕駛的星際計程飛車，不過二十來分鐘，兩人就抵達冒險家樂園。

✷ ✷ ✷

買了票，看完介紹，洛倫才明白冒險家樂園是一個什麼都有的萬花筒。

遊樂園的建造者利用特殊的建築材料、先進的科學技術，以及大量的金錢，建造了六十四個截然不同的生態圈，可以讓遊客用最短的時間玩遍星際間最刺激的地方。

「冒險家」的難度有三級，每一級又有高、中、低三個選擇，不但能滿足普通人的冒險情結，還能讓體能好的人不能去實地冒險時先過過癮，所以這個遊樂園非常受歡迎。

千旭算了算時間，抱歉地說：「因為晚上還要接受治療，必須九點以前趕回去，最多只能玩兩個生態圈。」

洛倫笑起來，「只玩一個就好了，反正以後還有時間。」千旭願意陪她整整十個小時，她已經很滿足了，有人連一分鐘都不願意等呢！

千旭問：「想去哪個生態圈玩？」

洛倫一片茫然。也許每個人都會有渴望去的地方，但她的記憶一片空白。看了一下介紹，最後選擇阿麗卡塔星最高的山峰——依拉爾山。既然沒有想去的地方，那就去瞭解一下她現在生活的星球吧！

千旭問：「妳想玩刺激一點，還是輕鬆一點？」

「輕鬆一點。」

千旭選擇了難度等級一顆星的最低難度。

兩人坐上像子彈頭一樣的傳輸艙，很快就抵達依拉爾山脈生態圈的入口。

洛倫一走進去，立即吃驚地瞪大眼睛。

他們置身於一條蜿蜒曲折的山徑上，四周草木蔥蘢、鳥啼蟲鳴。遠處是鬱鬱蒼蒼的莽莽山脈，高低起伏、綿延千里，一眼望去看不到盡頭。最高的幾座山峰高聳入雲，峰頂白雪皚皚，似乎和天上的白雲相接。

洛倫忍不住深吸口氣，霎時間感覺心曠神怡。

她驚歎地說：「完全不像是人工建造的，難怪是十大必去景點的榜首。」

「如果妳去過依拉爾山，就能感受到還是和真實的有區別。」

「希望將來有機會去！」

兩人一邊聊天，一邊沿著荒草叢生的小徑向上攀爬。

洛倫出了一身汗，山風吹過，十分涼快舒服。她不禁張開雙手，對著連綿起伏的山林大喊：

「喂——」

千旭笑說：「妳還真是一點都不怕！」

「我們選的是最低難度，應該不會有危險吧？而且，你不是體能A級嗎？就算有猛獸，也肯定不會有事啊！」

「最可怕的不是野獸，而是我。」

洛倫的腳步慢下來，驚訝地看向千旭。

「這裡一個人都沒有，如果我突然異變，妳連求救的人都沒有。」

洛倫笑了，彎身從路旁摘下一朵藍色的小花，遞給千旭，「今天開的花兒，明天就謝了，可花兒會因為明天會謝今天就不開嗎？我不可能因為一個也許永不會發生的意外而疏遠你！」

千旭接過花，「如果有一天，意外真的發生了呢？到時候可是後悔都來不及。」

洛倫昂著下巴，笑著指指自己，自信地說：「我已經決定了，好好學習體術，成為A級體能者。如果真有那一天，我會用繩子把你捆住，等著你恢復神智。」

千旭看著洛倫，沉默不語。

洛倫朝他做了個鬼臉，「不要不相信，我的體能測試官說我潛力很大！」做不了優秀的非人類，做一個優秀的人類應該還是有希望的。

千旭展顏而笑，把手裡的藍花順手放到口袋裡，「我相信！」

三個小時後，兩人爬到了半山腰。

千旭問：「餓了嗎？」

「有點，你應該也餓了吧？」洛倫十分抱歉，竟然完全把吃中飯的事情給忘記了，讓一個病人跟著她挨餓。

她查看遊樂園給的智能地圖卡，想看看哪裡有賣營養劑的，結果竟然是出去後才能購買。如果在生態圈裡覺得餓，請自己想辦法。不要忘記，你是來冒險的哦！

洛倫無語。

千旭笑說：「跟我來。」

爬上一個陡坡後，眼前豁然開朗，竟然是一個小湖，湖水碧藍，倒影著藍天白雲，很靜謐美麗。

洛倫驚喜地剛要說話，千旭食指放在唇上，示意不要出聲。

他閉上眼睛聽了聽，突然像箭一樣射出，眨眼間就消失在灌木叢間。

一群野鳥突然從茂密的灌木間飛起，嘩啦啦地衝向天空，像是一片彩色的雲，繽紛熱烈。

等鳥群散去，千旭提著一隻鳥和兩顆蛋回來，朝洛倫揚揚手，「午餐！」

洛倫又驚又喜。星際時代的人已經習慣依賴各種方便安全的營養劑，很少有人會就地取材，烹調原始食材。

千旭說：「湖邊那種又細又高，頂上開著白花的植物叫水柑，莖可以吃，清甜爽口，妳折一點來，正好配著烤肉吃。」

「好！」

洛倫歡快地去幹活了，千旭在湖邊處理野鳥。

等洛倫折了一大捧水柑回來，千旭的野鳥也處理乾淨了。

洛倫主動提出負責烤鳥肉，千旭去處理鳥蛋。

鳥蛋像一個小碗那麼大，殼非常堅硬。千旭先用力搖幾下，把蛋液搖勻，再拿出鋒利的軍刀，在蛋的頂端開幾個小洞，然後直接用蛋殼做容器，將蛋放在火堆旁，用邊緣的小火慢慢煨熟。

十來分鐘後，兩人有了香噴噴的鳥蛋吃。

千旭用新鮮潮濕的樹葉包好鳥蛋，確定不再燙手後，遞給洛倫，「很多年沒做這樣的事了，有些手生，妳嘗個新鮮吧！」

因為荒原上那三天三夜的經歷，洛倫對野外其實有著隱隱的恐懼，今天千旭改變了她的印象，原來荒野也可以很好玩、很有趣。

她一邊吃鳥蛋，一邊眺望四周的風景，「阿麗卡塔可真是一個美麗的星球啊！」

千旭問：「妳知道阿麗卡塔的意思嗎？」

洛倫搖頭。

「阿麗卡塔源自古地球時代的拉丁文，意思是『遺棄』。」

「遺棄？」

「這顆星球曾是阿爾帝國的垃圾星。」

洛倫愣住了，沒有辦法相信這麼美麗的星球竟然曾經是一顆被遺棄的垃圾星，更沒有想到奧丁聯邦和阿爾帝國的恩怨如此源遠流長，某種意義上甚至可以說，奧丁聯邦是阿爾帝國獨立出去的一部分。

「一群被人類遺棄到垃圾星的異種，走投無路下聚集在一起、起兵反抗，宣誓要為自己建造一個能讓異種也幸福生活的星國。他們齊心合力建造了斯拜達宮。斯拜達的拉丁文意思是『希望』。我的老師曾經說，斯拜達宮是為了讓異種從遺棄到希望才存在。」

洛倫怔怔不語。雖然她不是異種，可是她在荒原上絕望地行走時，切身體會過那種被整個世界遺棄的感覺，她完全能理解他們。從「遺棄」到「希望」是一段非常艱辛的路，但沒有退路，只能破釜沉舟、勇往直前！

千旭切下一隻鳥腿，用乾淨的樹葉包好，遞給洛倫，「配著水柑吃。」

洛倫咬了一口鳥肉，又咬了一口水柑，只覺得滿口汁水、鮮香無比，像是所有的味蕾突然被炸開一樣。她顧不上說話，一口氣把鳥腿啃完，直到再也吃不下時，仍然意猶未盡地看著剩下的鳥肉。

千旭用空的蛋殼煮了熱水，把幾片味道和薄荷很像的葉子放進去，「嘗嘗煙薄草泡的茶。」

洛倫捧著裹了綠葉的蛋杯。白白的蛋殼裡，浮著翠綠的葉子，清香隨著繚繞的煙霧飄入鼻內，令人神清氣爽。

千旭把篝火滅了，端起自己的蛋杯，「妳決定在阿麗卡塔定居了嗎？」

「嗯？」洛倫有點懵。

「妳之前說剛移民到阿麗卡塔星，我擔心妳不喜歡阿麗卡塔的生活。」

「我沒有不喜歡阿麗卡塔……」

但是，在阿麗卡塔定居，把這顆星球視作自己的家園？洛倫覺得不是喜不喜歡的問題，而是她根本沒有資格想這個問題，只能走一步算一步。

洛倫捧著蛋殼，喝了口水，瞇著眼睛說：「你是在阿麗卡塔星長大的，一定很瞭解阿麗卡塔吧？」

「嗯。」

「你能帶我去你覺得有意思的地方看看嗎？我想瞭解阿麗卡塔。」

千旭緩緩說：「在我眼裡，這顆星球上很多地方都很有意思。」

「沒關係，我有的是時間，我們可以每次去一個地方，等逛完整個阿麗卡塔，我應該就能回答你剛才的問題了。」

千旭慎重地想了想，「好！」

洛倫驚喜地伸出手，「你真的答應？拉勾約定喔！」

千旭忍俊不禁，用小指勾住她的小指，「我答應妳。」

「拉鉤上吊一百年不變！」洛倫的大拇指和千旭的大拇指碰在一起，用力按了一下，「盟誓之親！」

千旭愣一愣，縮回了手。

✷ ✷ ✷

下午五點多時，洛倫和千旭離開了冒險家遊樂園。

兩人乘坐計程飛車返回星際列車站，正好趕上六點的星際列車。洛倫算了一下時間，千旭八點以前肯定能回到研究院。

「謝謝你，這是我到阿麗卡塔後最開心的一天。」

「等妳對阿麗卡塔熟了，會有越來越多這樣的日子。」

洛倫笑眯眯地點頭。

突然，個人終端機響起，來電顯示是紫宴。看來終於有人發現辰砂把她扔在孤兒院了！

洛倫對千旭抱歉地笑笑，走到兩節車廂的中間，接通語音通話。

紫宴張口就說：「妳在原地等著，我立即過去接妳。」

「不用了，我已經在回去的星際列車上。」

紫宴語氣輕鬆起來，「不錯啊，不但沒有迷路，還自己找回家的路。」

「童話裡的公主要沉睡千年才等得到王子來救，我覺得太不可靠，還是自救比較好。」

「你明知辰砂的脾氣，為什麼要遲到？明知故犯，罪加一等。」

洛倫不吭聲。

「為什麼不說話？」

「已經發生的事情，有什麼好解釋的？以後我會盡量遵守他的規則。」無法盡量的，也只能順其自然了。

「我去車站接妳。」

「不用了。」

「注意安全，到了給我訊息。」紫宴切斷通話。

一個多小時後，星際列車到站。

千旭說自己的飛車停在附近的停車坪，提議送她回家，可洛倫哪敢讓他知道自己住在斯拜達宮，忙說：「我朋友來接我，已經在外面等著了。」

兩人走出月臺，洛倫一眼就看到紫宴的飛車。幸好紫宴人雖騷包，但車看上去和別的飛車差異不大。

她不敢多逗留，匆匆和千旭告別後，一溜煙地跑過去，貓著腰鑽進紫宴的飛車。

紫宴問：「那個男人是誰？這半天妳在做什麼？就算聯絡不上辰砂，為什麼不聯絡封林或者我？」

洛倫被他一連串的問題弄得心裡十分不舒服，不卑不亢地說：「第一，我不是罪犯，沒有義務回答你的問題。第二，辰砂才是我的丈夫，就算要質問，也應該由他來質問。」

紫宴似笑非笑地睨著她，「公主殿下，什麼時候妳和辰砂真做了夫妻，再說這種話吧！」

洛倫一言不發地推開車門，就要下車。

紫宴探身過來，一把拽住她的手臂，洛倫狼狽地跌回座椅上。

兩人相距不過咫尺，呼吸相聞、四目相對，不禁都意外地愣了一下。

紫宴立即放開洛倫後退，「對不起，我說錯話了。」

洛倫完全沒想到他會道歉，一下子傻了。她突然發現，紫宴竟然是第一個對她道歉的人，一個好像最不可能道歉的人！

「天已經黑了，我送妳回去比較好。」紫宴對智腦下達指令，飛車的自動駕駛開啟，朝斯拜達宮飛馳而去。

茫茫夜色中，狹小的車廂裡突然響起洛倫的聲音。

「我不知道你們心裡究竟怎麼看我；一個交易來的昂貴貨物，一個珍貴的試驗體，辰砂名義上的妻子……洛倫公主已經被阿爾帝國遺棄，但我沒打算遺棄自己，我會努力去瞭解阿麗卡塔，也許有一天，我會像你們一樣，找到一份喜歡的工作，有幾個能交心的朋友，知道阿麗卡塔哪裡好玩，哪裡不好玩，像一個真正的奧丁公民那樣在這個星球生活。」

紫宴手裡把玩著的塔羅牌漸漸停了下來，安靜地聆聽。

「封林的基因研究，該配合的地方我會配合，但是，我絕不會當你們圈養的人形蘋果樹。」大著膽子說出真實的想法，洛倫無法預料紫宴的反應，但是，她必須申明自己的底限。

紫宴轉頭看著洛倫，目光幽深。

洛倫坦然地回視他，「你似乎對我格外關注，肯定不是因為我恰巧是你的菜。我保證你擔心的事不會發生，因為，我不可能做阿爾帝國的間諜。」

紫宴斜倚在座位上，眉頭挑了挑，似笑非笑地說：「公主殿下覺得我是那種『別人說什麼就信什麼』的人嗎？」

「路遙知馬力，日久見人心。」

紫宴翹著二郎腿，摸著下巴嘀咕：「原來一聲對不起，就能讓妳囉囉嗦嗦說這麼多。」

他突然正襟危坐，雙手放在膝蓋上，真摯地看著洛倫，「對不起！」眼睛亮晶晶的，似乎期待著洛倫再說點掏心掏肺的話。

「滾！」洛倫一時沒忍住，心裡徘徊了很多次的話脫口而出。

她驚得一下子掩住嘴，紫宴卻大笑起來，「說出了心裡話很爽吧！」

洛倫破罐子破摔，「是啊！」

晶瑩剔透的紫色塔羅牌從紫宴指間飛出，滴溜溜地繞著洛倫的脖子打了個圈，飛回他指上。

他夾著牌，遞到洛倫面前，兩枚耳墜整整齊齊地放在牌上，洛倫下意識地去摸耳朵，耳墜竟然只剩小半截。

紫宴笑瞇瞇地說：「這個世界上大部分人都沒有爽的資格，很不幸，妳好像是其中一個。」

洛倫鬱悶地轉過身，頭抵著車窗，一下下地撞著。真是腦子被夾了，為什麼明知道他是妖孽，還要送上門去找虐啊？

＊　＊　＊

「謝謝，再見！」

飛車還沒有停穩，洛倫就迫不及待地跳下了車。

「喂，友情提醒一下，妳的丈夫正等著妳的答案呢！」

什麼意思？洛倫疑問地看紫宴。

紫宴向上指指，「車站的那個男人。」

洛倫抬頭望去，看見辰砂站在窗戶邊，雙手插在褲袋裡，居高臨下地看著他們。

洛倫鬱悶，「你打小報告？」

「是妳說的只有辰砂有權問妳。」紫宴理直氣壯。

洛倫拖著步子，慢吞吞地走進屋。

既然無法逃避，還是主動面對吧！

她敲了敲辰砂的門，「可以進來嗎？」

門悄無聲息地打開。

洛倫走進去，還沒想好怎麼開口，辰砂轉過身，面若寒冰、目光森冷，「和妳一起走出車站的男人，與讓妳突然演技爆發的男人，是同一個人嗎？」

洛倫目瞪口呆。

她知道辰砂行事風格和紫宴截然不同，總是直來直去，直擊要害，但他比她以為的還要敏銳犀利。

辰砂從洛倫的反應已經得到答案，「他是誰？」

洛倫低聲說：「他叫千旭，以前是孤兒院的孩子，現在是聯邦軍人。我們在研究院認識的，我沒有告訴他我的身分。如果你要我和他絕交，我希望自己去和他解釋清楚一切。」

辰砂淡淡說：「結婚文件上沒有規定妳不能交友。」

嗯？

洛倫反應了一瞬，才理解辰砂的意思，「你、你是說你不管？可你剛才追問我……」

「我應該管嗎？」

洛倫立即果斷地說：「不應該！」

「合理的詢問是為了確保妳的安全。身為法律上的丈夫，我要為妳的安全負責。」

洛倫無語了。你剛才的樣子是合理的詢問？那你不合理的詢問該有多嚇人？

「問話結束，妳可以出去了。」

「是！」

洛倫呆呆地轉身往外走，突然想起什麼，停住了腳步。她回身看著辰砂，欲言又止。

辰砂皺眉，「說！」

洛倫小心翼翼、吞吞吐吐地試探：「你剛才說……法律上的丈夫，那個、我們……只是法律關係？」

「妳愛我？」

洛倫搖頭。

「很好！我也不愛妳！我們的關係只需停留在法律層面。」

「你的意思是……我們是假夫妻？我們的關係只是為了方便研究我的基因？」

「對！妳配合封林的研究，我保障妳的安全。」

洛倫如釋重負，突然覺得紫宴說的不錯，辰砂雖然不近人情，但只要遵守他的規則，並不難相處，至少比反覆無常的紫宴好相處。

Chapter 6

選擇

能隨心所欲，率性而為的人，值得羨慕欣賞，
但現實功利地選擇自己所需的人，也沒有任何錯。

訓練室。

洛倫和清初做對抗性訓練。

E級體能遇上B級體能，沒有絲毫反擊機會，唯有挨打。

清初一直畏手畏腳不敢放開了打，不過被洛倫又逼又求過後，知道公主是來真的，她也只能放開手把洛倫往死裡虐。

洛倫又一次被踢飛後，個人終端機響了。

她趴在地上痛得完全動不了，只能動嘴：「接聽。」

封林的聲音傳來：「孤兒院的孩子們來研究院參觀，妳來幫幫忙吧！」

「好，一個小時後到。」

洛倫趕到研究院時，孩子們已經到了。

安娜把他們分成好幾組，其中一個是特別小組，就是之前千旭陪著玩的孩子們，一群因為基因不穩定導致免疫系統紊亂的孩子。

他們去的地方都必須提前清潔、消毒，不能和其他孩子一起活動。

封林拉洛倫來幫忙，就是要她幫忙照顧這群孩子。

封林負責帶領他們參觀、講解和回答問題，洛倫則在一旁留意他們不要做任何危險動作。

在孩子們的嘰嘰喳喳聲中，洛倫覺得自己好像也學習了一遍基因學的科普知識。

「在人類走向星際的初期，所有職業中，基因編輯師又賺錢又受尊重。他們掌握著各種先進的基因編輯技術，可以幫每個人編輯他們的基因，實現他們的願望，變漂亮、變高、變強壯……」

「不生病、隨時可以去操場上玩的願望也可以實現嗎？」

「當時的人們以為可以，但實際上不是什麼病都能治好，因為脫靶效應會滯後顯現，這種滯後有可能是一代，也有可能要十代才出現。」

「什麼是脫靶效應？」

「玩過積木嗎？」

「玩過！」

「如果你們用積木搭建好一座城堡後，卻發現有一塊積木放得不好，可以隨便抽掉嗎？」

「不能！抽掉了，城堡有可能會塌掉。」

「這就是脫靶效應！人類的基因就像是一座搭建好的城堡，只不過這座城堡非常、非常大，基因編輯師的初衷只是想修改壞基因，卻沒想到會影響好的基因，甚至破壞整個城堡。」

封林領著孩子們繼續往前走，「……隨著時代變遷，所有星國都嚴禁基因修改，基因編輯師沒有了存在的價值，甚至被視作罪大惡極的罪犯，漸漸消失於歷史的長河……」

「……現在，全星際的人類都被基因病困擾，基因修復師收入高、受人尊重。基因修復，顧名思義，就是用各種方法修復我們異變和不穩定的基因……」

一個男孩問：「能修復我的基因嗎？」

封林微笑著說：「你好好聽醫生的話，保護好身體，一定會遇到一個優秀的基因修復師幫你修復好基因。」

「你不能嗎？」男孩眼裡閃爍著希冀的光芒。

封林搖搖頭，壓抑著難過擠了個微笑出來，「我還沒有那麼優秀，不過，我在努力。」

✷ ✷ ✷

送走孩子，封林和洛倫看已經過了用餐時間，都懶得去餐廳。兩人拿了兩罐營養劑，坐在露臺上的小花園裡，邊喝營養劑，邊休息。

洛倫感慨地說：「原來妳做的事那麼偉大！」

封林自嘲地笑，「看上去是，實際上經常覺得自己很無能。今天來的這群小朋友我一個都治不好！」

「人類在基因研究上，因為貪婪走了錯路，現在要糾正它，既非一時半會兒、也不是一個人兩個人的事，但積少成多、滴水成海，總有一天會成功！」

封林星星眼地看洛倫，「突然感覺妳好有學問！」

洛倫故作嬌羞地抬手遮臉，袖子下滑，露出青一塊紫一塊的手臂。

封林咋舌，「如果不是知道辰砂的為人，我都要懷疑妳被家暴了。」

洛倫笑起來，「訓練中被清初打的。」

「哇！這麼拚，很有希望成為A級體能者。」

「我也是這麼想的！」洛倫伸手比了一個必勝的手勢。

封林大笑。洛倫的性子真是討喜，背井離鄉做了異種和人類爭鬥下的犧牲品，卻既不偏激憤怒，也不自怨自艾，反而像一株太陽花，努力朝著陽光，燦爛生長。

封林納悶地問：「妳怎麼會突然對鍛鍊體能這麼積極？」

「辰砂沒告訴妳嗎？」

「告訴我什麼？」

辰砂居然什麼都沒說！和紫宴那個四處招搖的花蝴蝶比，辰砂簡直像一個把什麼都藏在殼裡的河蚌！

洛倫整理了一下思緒，小心地說：「基地發生傷人事故的那天，我聽到一些隻言片語，猜測出那隻野獸有可能是人。辰砂知道我知道了後，希望我成為3A級體能者。因為妳的建議，我非常有自知之明地把目標改成了A級體能。」

封林神情怪異地看著洛倫。

洛倫急忙解釋：「我不是故意要刺探你們的機密，只是，身在其間，無法不關注。妳放心，我絕不會洩露出去。」

「我沒有怪妳，只是……」封林依舊不敢相信的樣子，「沒想到妳知道了一切，還敢和我單獨待在一起。我瞞著妳，就是怕妳害怕我們，不想妳因為恐懼討厭阿麗卡塔。」

洛倫的手搭在封林的肩膀上，「對未知的恐懼才是最可怕的，知道了真相，即使害怕，也可以找到方法克服。」

封林看著肩頭的手，突然笑了，「我想和妳認真談一談，去我辦公室吧！」

✷ ✷ ✷

封林的辦公室。

封林打開智腦，調出一份機密文件讓洛倫看。

「三百多年前，奧丁聯邦出現第一例基因突發性異變的病例。迄今為止，記錄在案的已經有六千八百八十九個病例，都是聯邦萬裡挑一、最傑出的戰士。其中，六千八百八十八人死亡，只有一人恢復神智，重新變回了人。而因為突發性異變導致的他人死傷，更是高達三萬多人……」

奧丁聯邦是第一個「攜帶異種基因的人類」建立的星國，全星際遭受到不公平待遇的異種都會想辦法來此定居生活。他們彼此結合、繁衍後代，導致各種基因病越來越多。突發性異變就是其中最可怕的絕症，爆發前毫無徵兆，爆發後必死無疑。

最可怕的還不是它的死亡率，而是它潛在的危害。

毫無徵兆的異變破壞了人與人之間的信任，摧毀了人們的信念和勇氣。

這一百多年來，爆發規模正在逐漸擴大，萬一消息流傳出去，只怕會引起全人類的恐慌和敵視，「異種」會再次陷入危機，被人類質疑他們究竟還是不是人類，進而遭到全人類的瘋狂屠殺。

「三百多年來，我們竭盡全力，都沒有找到治療的方法。目前唯一的結論是異變後的十五分鐘是黃金搶救期，如果十五分鐘內不能恢復神智，就意味著永遠不能恢復了……」

視訊結束，虛擬螢幕上滾動著各個基因病人的特寫畫面。他們的表情有的脆弱、有的堅強，可眼底都藏著同樣的困惑：為什麼是我們？我們的身體究竟發生了什麼事？

洛倫精神恍惚，想起在荒原上奔跑的自己，懷著絕望前行，只是想弄明白自己身上究竟發生了什麼事。

迄今為止，沒有人給她答案。

封林說：「在其他星國，一個戰士成為A級體能者，是無比驕傲和開心的一件事，所有人都會為他慶賀。可是在奧丁聯邦，一個戰士成為A級體能者的那天，他接到的不是恭喜，而是一份死亡通知單，告訴他隨時有可能變成一隻吃人的野獸，目前為止恢復機率等同於零。」

「不是有一個恢復神智，變回人了嗎？」

「六千八百八十九分之一，〇・〇〇〇一四％的機率，而且……」封林的聲調十分沉痛，「那個人後來依舊死於突發性異變。」

洛倫愣住了。

「聯邦唯一能為這些優秀戰士做的，就是在異變發生十五分鐘後把他們殺死，保全他們最後的尊嚴！」

洛倫想起辰砂揮刀殺死那隻野獸的情景，也想起了千旭談論異變時眼裡隱藏的悲哀。為了守護奧丁聯邦，這些優秀的戰士必須追求卓越的體能，可體能越優秀，異變的機率越大，他們必須隨時有殺死並肩作戰的戰友的心理準備，也必須隨時有自己被戰友殺死的心理準備。

封林看著洛倫，「現在妳知道了真實的一切，還願意配合我們的研究嗎？」

「你們需要我做什麼？」

「其實很簡單，目前我們只是需要定期提取妳的血液和其他組織細胞，研究妳的基因，絕對不會影響妳的身體健康。」

洛倫沒有忽略目前兩個字，不過未來的事誰都不知道，封林不做承諾，也是開誠布公、實話實說，她心中一動，突然之間，做了一個大膽的決定。

她試探地問：「如果我不配合，是不是對你們的研究很不利？」

「是！」封林苦笑，「連蘋果樹都不可能讓研究員予求予取，何況妳是人。只要妳的心情產生什麼變化，體內的激素都會跟著產生變化。」

「我有一個要求。」

「妳說。」封林不怕洛倫提要求，就怕她不提要求。

「我要成為研究員，參與整個研究過程。」

封林愣住，「基因研究很枯燥辛苦，不會是年輕女孩喜歡的職業。」

洛倫苦笑，「相信我，我從來沒有期待過尋找答案的過程會輕鬆容易。」

封林意識到她是認真的，苦惱地走來走去，「洛倫，妳在強人所難。妳應該知道妳的身分很敏感，而基因研究卻是每個國家的機密。」

「我知道。這是我唯一的條件。」洛倫雙手合十，懇求地說：「請幫幫我，我發誓我不會做任何對奧丁聯邦不利的事。」

「天哪！我竟然不願意拒絕妳。」封林掙扎了半晌，惡狠狠地說：「妳可要記住，不要讓我後悔今日的決定！否則……我絕不會放過妳！」

「絕不會讓妳後悔！」洛倫舉手發誓。

封林沉思了一會兒說：「只有一種方法有可能成功。我有權每年召集一次內部會議，由大家投票決定。我自己一票，應該能說服楚墨，拿到他的一票，我會求楚墨再幫忙去遊說一下紫宴和百里藍，但不保證能成功。不過，妳要是能說服辰砂，我們就肯定有三票了。只差一票，就能成功，還是有很大的機會。」

她看了眼時間，風風火火地向外走，「兩個小時後，我們在斯拜達宮的一號會議室見。」

＊　＊　＊

空蕩蕩的走廊裡，洛倫盤腿坐在會議室外面的地上，呆呆地看著對面的牆壁。

她翻來覆去思考很久後，低下頭，劈裡啪啦地敲字，發送訊息給千旭。

「我喜歡做飯時的放鬆，更喜歡享受美食時的愉悅，但是，我不會做一個廚師，我想成為能治癒基因病的基因修復師。

「我孤身來到阿麗卡塔，沒有父母親人，沒有人脈關係，沒有財富地位，只有我的職業，也就是我未來的能力，能讓我對周圍的人而言有存在的價值，能讓我在這個社會中尋找到一個位置。我不是說做一個廚師沒有價值，但是，我需要那種更有力量的價值，畢竟，沒有廚師大家照樣吃飯，可是沒有醫生，大家只怕會受不了。

「眾所周知的原因，一個優秀的基因修復師，對奧丁聯邦的意義很重大。即使有一天，我離開奧丁，也是任何一個星國歡迎的人才，不用擔心餓肚子。

「財富、地位、尊重、安全感、人際關係……來自於人群，也作用於人群。對於一無所有的我而言，擁有對他人必不可少的能力，才能在這個人群組成的社會中獲得自己想要的一切！

「你鼓勵我去瞭解自己、發現自己的喜好、選擇從事的職業，可惜很抱歉，這個決定是一個很現實、很功利的決定，無關個人喜好。」

洛倫一口氣發了五則訊息給千旭，然後蒼白著臉，雙手緊緊地交握在一起。

和封林他們這些心懷慈悲、熱愛科研的人比起來，洛倫覺得自己面目可憎。

千旭不見得能接受這樣現實功利的朋友，尤其他還是一個基因病的患者。也許，這是他們最後一次聯絡了。

她可以選擇不告訴千旭，不解釋給他聽，但是，這就是她的真實面目，她不願意以欺騙的方式去獲得他的友誼。

洛倫等了好一會兒，都沒有等到千旭的回覆。

她苦澀地笑，心臟一抽一抽的痛；人生的每一個選擇，都是得到一些，失去一些。

現實面前，她選擇了最需要的。

洛倫打起精神，思考了一下措辭，發訊息給辰砂：「我真的很想去研究院工作，請你看在我們的法律關係上，幫我一下。將來如果有可以回報之處，必定在所不辭。」

像辰砂這樣的人，不是哀求或遊說可以打動的，她能做的只有這麼多了。

封林、辰砂、紫宴、楚墨、左丘白、百里藍、棕離出現在走廊盡頭，朝會議室而來。

洛倫站起來。

辰砂沒有理會她，直接走進會議室。

其他人也都尾隨辰砂走進去。

紫宴停在她面前，像是不認識她一樣，把她從頭打量到腳。

洛倫垂目看著地面，默不吭聲。

紫宴笑吟吟地說：「妳可總是……」總是什麼，他卻沒有再說。

「進來吧！」

洛倫跟在紫宴身後，最後一個走進會議室，大門在她身後緩緩關閉。

會議開始後，所有人的個人終端機都會被遮罩，洛倫看了一眼個人終端機，千旭仍然沒有回覆她，辰砂也沒有給她任何答案。

寬廣的會議室裡，洛倫獨自一人端坐在中間。

一張巨大的扇形長桌，七位公爵坐在顯示著各個自治區旗幟的位置上，代表著他們以七個自治區的名義，擁有一票贊成或否決權。

第一區公爵辰砂，聯邦軍隊的總指揮官。

第二區公爵封林，科研教育署署長。

第三區公爵左丘白，聯邦最高法院的大法官。

第四區公爵楚墨，醫療健康署署長。

第五區公爵百里藍，能源交通部部長。

第六區公爵紫宴，資訊安全部部長。

第七區公爵棕離，治安部部長。

封林按了一下面前的螢幕，開始闡述召集會議的原因：「辰砂公爵的夫人英仙洛倫向阿麗卡塔生命研究院提出申請，要求加入突變性基因異變的研究，我做為第二區公爵，阿麗卡塔生命研究院的院長，召集大家投票決定。相關檔案已經發送至各位的工作臺，請查閱。」

棕離陰沉冰冷的聲音響起：「這麼重要的研究怎麼能讓外人加入？」

封林淡淡地問：「大法官，請問申請人是奧丁聯邦公民嗎？」

左丘白說：「申請人是奧丁聯邦的公民。」

棕離冷冷說：「她是英仙皇室的公主，基因裡寫著阿爾帝國。」

封林冷哼一聲，「我不想和你進行無意義的辯論，你擁有投票否決權。」

棕離毫不客氣地說：「放心，我不會忘記！」

楚墨按了一下面前的螢幕，「申請人沒有相關知識，也沒有任何研究經驗，怎麼進行研究工作？」

封林鼓勵地看向洛倫，示意她回答。

洛倫站起來，「我會從最底層的助理做起，一邊學習，一邊工作。」

楚墨說：「做科研需要高度的專注和投入，妳確定這是妳喜歡的工作嗎？」

「確定。」

「謝謝妳的回答，我沒有問題了。」

洛倫對楚墨鞠了一躬後坐回原位。

封林問：「還有問題嗎？」

沒有人說話。

封林說：「那就進行不記名投票了，由智腦統計結果。」

洛倫雙手交握，低頭看著手腕上的個人終端機。

也許，待會走出這個會議室的大門時，她會發現，既沒有得到工作，也失去了唯一的朋友。

兩分鐘後，監控會議的智腦詢問：「投票結果已出來，請問要公布嗎？」

封林說：「公布。」

「三票同意。」

洛倫難過地抬起頭，封林滿臉失望，棕離冷笑一聲，站起來就想走。

「三票反對。」

洛倫愣住了。

「一票棄權。」

棕離皺了皺眉，又坐回去。

封林試探地提議：「再投票一次？」

棕離冷冷說：「大法官，請問有再投票一次的做法嗎？」

左丘白說：「這種情形，申請只能作廢，三年內如果沒有重大變化，不能再申請。」

棕離站起來，向外走去。百里藍起身，跟在棕離身後。楚墨對封林抱歉地笑笑，也站了起來。

辰砂突然說：「還有一個人沒有投票。」

大家全都看向辰砂。

「執政官還有一票投票權。」

百里藍哈一聲樂了，「希望他老人家現在在的地方沒有電磁波干擾。」

封林立即吩咐智腦：「聯絡執政官。」

空曠的會議室裡響起智腦的撥號聲：「嘀嘀、嘀嘀……」。

洛倫屏息靜氣地等著，覺得每一聲都好像敲打在心臟上。

漫長的等待後，嘀嘀聲消失了。

虛擬螢幕上黑漆漆一片，沒有任何圖像，也沒有任何聲音，大家都以為沒有接通時，哧嚓哧嚓的聲音傳來。

封林趕忙說：「執政官，訊號很差，您在哪裡？」

「……獸……肚子裡，終端……腐蝕……等……」

傳來野獸淒厲的叫聲和各種古怪的聲音，好一會兒後，訊號清楚了一點。

「我現在靠著一把匕首，吊在牠的胃壁上。牠正在暴走，有話快說。」

封林立即說：「辰砂的夫人申請加入我的研究院，參與突發性異變研究。我們現在三票贊成，三票反對，一票棄權，需要閣下投票。」

「辰砂，你是贊成，還是反對？」

洛倫抬眸看向辰砂，沒想到辰砂也看向她。四目相對，洛倫心情忐忑。

「執政官，是匿名投票！」封林簡直氣得要跺腳。

辰砂收回目光，對著黑漆漆的螢幕說：「我是贊成。」

執政官說：「贊成。」

訊號切斷。

大家靜默無語。

十幾秒後，智腦的聲音響起：「確認收到新的投票，請問公布投票結果嗎？」

「公布！」

「四票贊成，三票反對，一票棄權。」

封林得意地笑起來，「大法官，申請可以生效嗎？」

「生效。」

智腦宣布：「批准申請人英仙洛倫加入阿麗卡塔生命研究院，即日起生效。」

會議室的大門打開。

大家陸陸續續走出會議室。

封林經過洛倫身旁時，眨了眨眼睛，曖昧地說：「好好犒賞一下辰砂。」

辰砂落在最後一個。他走到洛倫身旁時，停住腳步。

洛倫說：「謝謝。」

「不用，我只是尊重封林的選擇。她是這個專案的指揮官，既然她挑中了妳，肯定有她的原因。不過……」辰砂頓了頓，眼神如刀刃般落在洛倫臉上，「如果有一天，妳做了背叛奧丁聯邦的事，我會親手殺了妳。」

「我不會讓你有這個機會。」

辰砂移開目光，大步流星地走出會議室。

洛倫獨自一人，靜靜地站在空蕩蕩的會議室裡。

從踏上奧丁聯邦的那天起，已經好幾個月過去了，她的第一步才終於踏出去。

從宴會上沒有一個人願意和她說話，到今天投票通過，也算是成功了吧，但是，她沒有絲毫興奮喜悅感。

洛倫抬起手腕，本來已經沒有任何期待，卻發現個人終端機上有新的訊息，一連兩條都是千旭發來的。

「我說需要花點時間才能瞭解自己，這個瞭解，不僅僅是指自己喜歡的，還包括了自己需要和想要的。能隨心所欲、率性而為的人，值得羨慕欣賞，但現實功利地選擇自己所需的人，也沒有任何錯。」

「為妳開心，知道自己需要什麼；更為妳驕傲，為自己所需去努力。」

洛倫眼裡含著淚，笑了。

✷ ✷ ✷

因為身分特殊，封林不想引起不必要的關注和麻煩，建議洛倫以普通人身分在研究院工作。她的建議正中洛倫下懷，她用「駱尋」的名字，以異種新移民的身分加入了研究院。

安娜曾經說過阿麗卡塔生命研究院不但是奧丁聯邦最好的基因研究院，也是整個星際最好的基因研究院之一。

即使最優秀的畢業生，進入研究院工作都會覺得壓力很大，更何況洛倫這個知識為零的基因學小白？

「下班後一起去喝一杯？」

「我……還有事，改天吧！」

同事們知道她是新移民，擔心她覺得孤單，有聚會時都會特意叫她一聲，可是這幫科學怪人聊天的話題不是緋聞八卦，而是科研瓶頸、基因報告、實驗論文。洛倫去了一次，被大家狂熱地追問以前的工作，結果欲哭無淚，只能尿遁。

她敢告訴大家她聽都聽不懂嗎？一個個專業名詞拆開看她都認識，合在一起卻完全不知道是什麼意思。

身為一個助理，她卻連清潔消毒實驗器材這種最基本的事都做不好！

同事們漸漸察覺出她不對勁，都在背後偷偷議論她究竟靠著什麼見不得人的關係才把自己硬塞進聯邦最好的研究院，對她從熱情關心漸漸變成了冷淡孤立。

洛倫去重力室跑了十公里，大汗淋漓地坐在訓練館外的長椅上，累得一動也不想動。

她以為只要認真努力，總能做好一份工作，但是想像很美好，現實很殘酷。在一個所有同事都是高學歷、高智商的研究院裡，只有認真和努力還遠遠不夠。

洛倫心情沉重。她該怎麼辦？即使封林和安娜都願意幫她，可也沒有辦法教導一個零基礎的傢伙，而且研究院不是慈善機構，如果她的工作表現一直這樣，肯定會被邊緣化，即使厚著臉皮待下去，也學不到任何東西。

一杯補充體能的飲料遞到她面前，洛倫抬頭，看到千旭穿著訓練服，也是剛剛鍛鍊完的樣子。

「謝謝！」洛倫接過飲料喝了一口。

「表情怎麼那麼沉重？」千旭坐到她旁邊問。

洛倫故作輕鬆地做了個鬼臉，鼓著腮幫子長吐口氣，「工作能力欠缺，擔心自己也許會保不住飯碗！」

「這裡是阿麗卡塔星上最大的軍事基地，幾乎什麼都有。」

「嗯！」洛倫捧著飲料，心不在焉地低垂著頭。

「有一所附屬的軍醫大學，是阿麗卡塔最好的醫學院之一，聽說在研究院和基地工作的人如果想要進修學習，還可以減免學費。」

洛倫霍然抬頭，目光灼熱，「我也能申請去讀嗎？」

千旭微微一笑，「應該可以，不過又讀書又工作會很辛苦。」

「我不怕！」洛倫激動地站起來，「我要回去了！」她得去查查入學條件，想辦法進去。

洛倫慌慌張張跑了幾步，突然想起什麼，一個急剎車，回過身對千旭大聲說：「謝謝！」

千旭微笑著對她揮揮手，半天晚霞、一抹夕陽，斜映在他身上，他全身似乎鍍上了一層溫暖的橙金色。

洛倫心頭被溫柔地牽動；她一直覺得自己又貪生怕死又自私自利，為了活下去，甚至不惜冒充公主欺騙兩個星國。可這一刻，她突然冒出一個崇高的念頭，想要成為最優秀的基因修復師，想要治好千旭的病，想要溫柔地對待這個世界，想讓這個世界能一直這樣溫柔，因為——

她被這個世界溫柔地對待了！

*　*　*

洛倫仔細閱讀完軍醫大學的招生資料後，發現自己只有一條路可走——走後門。

楚墨是軍醫大學的名譽校長，洛倫做一堆好吃的，厚著臉皮去求楚墨，向他要一封推薦信。

楚墨答應了，不過特意聲明，可以給她一個學習機會，但學習的結果要靠她自己。

洛倫拿著楚墨的推薦信，在招生老師驚異的目光中，註冊為軍醫大學的旁聽生。

她可以花錢選修所有課程，但是想要拿到正式的醫學士學位，不但要修夠學分，還必須每門課的成績都在B^+以上。

如果每門課的成績都是A或A^+，就能繼續攻讀碩士學位，還能申請去附屬軍醫院實習。

雖然她想拿到學位的條件比正式生苛刻，但洛倫心滿意足，畢竟她是透過非正常手段入學的。

註冊成功後，洛倫收到學校開學典禮的通知。

身為旁聽生，她可以不參加，不過，洛倫的記憶一片空白，她很珍惜這種一生中第一次的機會，興沖沖地打扮好去參加開學典禮。

聽到周圍同學的議論，洛倫才知道今年的開學典禮竟然邀請到聯邦指揮官來給新生致歡迎辭。

「指揮官怎麼會參加我們學校的開學典禮？聽說去年隔壁的軍校請他出席畢業典禮，都被他的祕書官拒絕了。」

「也不看看咱們的名譽校長是誰？全聯邦都知道楚院長和指揮官關係特殊！」

「指揮官結婚了吧？好像是個公主。」

「阿爾帝國的公主，阿爾帝國在指揮官手下吃了敗仗，送來討好指揮官的！」

「指揮官太冷了，嚴重降低性欲。我還是喜歡學識淵博、溫文儒雅的楚院長！」

「指揮官不像是有性生活的樣子，不知道那個可憐的公主在哪裡發霉長菌子！」

「……」

竊笑聲中，洛倫看著臺上軍服筆挺、表情冷漠的辰砂，一額頭的黑線；不愧是聯邦未來最優秀的醫生，話題生冷不忌！

辰砂簡短地致完詞，大家以為已經結束，「啪啪」地鼓掌，沒想到他站在臺上一動也不動，目光冷冷地盯著下面。

掌聲迅速被冰凍。

不管是臺下的學生，還是臺上的校長、主任，都半抬著手，傻呼呼地看著辰砂。

「這裡是學校，不是大小姐的下午茶聚會！如果妳抱著好玩的心態，我建議妳趁早退學，別浪費聯邦納稅人的錢！」

大家面面相覷……開學典禮不都是走溫柔祝福路線的嗎？什麼時候改成威脅恐嚇路線了？

洛倫站得筆直，面無表情地看著辰砂。

她知道，自己沒有老老實實做一棵蘋果樹，讓很多人失望了，但是，她的人生，只能由她做主！現在說什麼都無法讓人信服，不過時間會證明一切。

＊　＊　＊

洛倫把自己的時間劃分為三塊：醫學院、研究院、訓練館。

醫學院裡有各個專業的教授負責答疑解惑，只需把自己變成海綿，努力地吸收知識就可以了。

研究院的工作雖然磕磕絆絆，但她也漸漸上手了，真有麻煩時，有封林和安娜幫忙，總能應付過去。

相對而言，在訓練館鍛鍊體能時碰到的問題就比較難突破。

清初並不是一個合格的老師，她沒有帶過學生，不懂得如何訓練學生，而且，或多或少對公主的身分有所顧忌，不能真正放開。

工欲善其事，必先利其器。洛倫琢磨著要不要花錢去請一位專業的體能訓練師，可是，她的體能目標是A級，一個A級體能者又怎麼會從事體能訓練師這種工作？

當她把煩惱告訴千旭時，千旭一句話就幫她解決了。

「我來做妳的體能訓練老師。」

「真的可以嗎？會不會太占用你的時間？」洛倫又驚喜又不安。

「我在軍隊裡訓練過新兵，還算有經驗，訓練一個妳很簡單。而且，這種事關鍵在學生自己，老師只是引導，占用不了老師多少時間。」

洛倫想了想，千旭在基地上班，住在基地的員工宿舍，她也每天都待在基地，兩個人見面很方便，這樣的安排的確很棒。

「那我就不客氣了，你訓練我時也別對我客氣喔！」

千旭微笑著說：「明白。」

有清初的前車之鑑，洛倫擔心千旭會不夠嚴格，可訓練了一次後，她立即收回所有的擔心。

千旭畢竟是職業軍人，不管外在多麼溫和，內裡都是鋼鐵鑄成。

當他站在訓練場上，不發一言就自帶威壓，而且絲毫不心軟，一定會逼迫洛倫把動作做到最標準，壓榨出她的最後一絲力氣。

洛倫身體雖嬌氣，人卻一點也不嬌氣，不管千旭要她做什麼，即使看上去非常苛刻，她也會拚盡全力去做。

老師和學生都對彼此很滿意。

每天，洛倫清晨五點半起床，先去重力室跑步，跑夠一個小時後，再做一個小時的器械鍛鍊，然後沖澡換衣服，趕去研究院上班。

工作日，她會利用工作空檔在星網上收看教授的遠端授課，下午下班後，先去訓練場鍛鍊，完成千旭安排的訓練任務，再匆匆趕回家，看書、學習，完成教授安排的作業。

週末，不用去研究院上班時，她就去醫學院上課。沒有課的空閒時間要麼泡在基地的訓練館鍛鍊，要麼泡在醫學院的圖書館唸書。

每天都忙得像一個陀螺一樣，連停下來休息的時間都沒有，可洛倫十分開心。

因為失去了記憶，她總覺得自己像一個浮萍，缺少腳踏實地的安全感，現在的忙碌讓她覺得每一天都過得很有意義，令她心安。

她堅信，只要一天又一天這樣充實地過下去，就算是浮萍，遲早會長出根鬚，變成參天大樹。

Chapter 7

意外刺殺

他坐在那裡，明明身處喧鬧的人群，
卻好像獨自一個坐在冰冷的雪山之巔，看著眾生百態在他面前上演。

從春雨綿綿到夏雷轟轟，從秋葉金黃到冬雪飄舞，不知不覺中，阿麗卡塔星已經繞著主序星轉了十圈。

經過十年的努力，洛倫基本上實現了十年前的計畫——

體能已經通過基地的B級體能測試。

在基地的附屬軍醫大學修完碩士課程，不但獲得醫學碩士學位，還考取了初級醫師執照。

成為阿麗卡塔生命研究院的中級研究員，有屬於自己的辦公室和兩個研究助理。

每個月帳戶裡會收到一筆優渥的薪水，因為不用負擔房租，在支付完學費和日常開銷後，還存下不少錢。

按照她和千旭的約定，每年的國定假期，兩人會抽出時間去一個地方遊玩。

幾年下來，洛倫雖然還沒有走遍阿麗卡塔的山山水水，可談起阿麗卡塔星上哪裡有好玩的、哪裡有好吃的，已經頭頭是道，冒充土生土長的阿麗卡塔星人，一點問題都沒有。

「嘀嘀」的蜂鳴提示音響起，洛倫頭也沒抬地發出指令，接通視訊。

一身軍裝的辰砂出現在實驗室裡，「執政官今天下午回來，要舉行歡迎晚宴，妳早點下班。」

洛倫怔怔愣愣地抬起頭，腦子還沉浸在實驗裡，心不在焉的「哦」了一聲，就又低下頭，繼續觀察實驗變化。

辰砂靜靜看了她一會兒，切斷視訊。

過了好一會兒，洛倫突然反應過來，推了推鼻梁上的觀察眼鏡，露出思索的表情。

執政官！奧丁聯邦的執政官！那個去原始星執行任務，一去就是十年的不負責任執政官！

真是可喜可賀，他居然沒有迷失在星際，仍然記得回家的路！

洛倫剛到阿麗卡塔時，還對這位奧丁聯邦的最高統領有點好奇，十年過去，她已經完全忘記這號人物，他卻突然出現了。

不過，不管人家多不負責任，都是大老闆！

她身為一隻小蝦米，必須好好表現，努力刷好感度！

洛倫發訊息給清越：「晚上有宴會，幫我準備宴會禮服和資料，提醒我提前一小時下班。」

✷ ✷ ✷

臥室裡。

清越幫洛倫化妝打扮，清初站在虛擬螢幕前，將重要賓客的資料放給洛倫看。

洛倫邊看邊默默背誦。

「尤金，聯邦中級法院的法官，來自第六區，兩天前最喜歡的寵物波娜死了，舉行葬禮……」

清越補充說：「公主送了親手種的花。」

「啊？我送了花？還是親手種的？」洛倫給清初一個飛吻，又轉過身抱住清越，深情款款地說：「如果沒有妳們，我該怎麼辦啊！」

清初微笑著不吭聲，早已習慣洛倫的撒嬌賣萌。

清越翻了個白眼，「公主別整天對著我們張口就是情話，我們是異性戀者！公主能不能出息一點，去對妳老公撒嬌賣萌啊？」

洛倫嘟嘟嘴，坐直了，「妳不是不喜歡辰砂嗎？」

清越垂下眼睛，黯然地說：「公主不可能回阿爾帝國了。如果不能拉攏公爵，萬一哪天公爵不耐煩……」

「這位金髮女士奧若，是新任的農業部部長……」清初繼續介紹賓客資料，打斷了清越的話。

主僕三人繼續為晚宴準備，默契地不再提剛才的話題。

等打扮妥當，資料也背得七七八八時，清越端出提前準備好的小點心，「吃點東西墊墊肚子吧，待會晚宴上不見得有時間吃東西。」

洛倫看時間，「不用了！我到時候悄悄喝罐營養劑就好。」

「還有十幾分鐘，時間肯定夠！」

洛倫抱歉地笑笑；有一有二，沒有再三再四，十年前她就下定決心，既然辰砂永不可能等她，那麼只要她能做到，寧願早到十分鐘，也不能遲到一分鐘。

＊　＊　＊

辰砂剛走到樓梯口，就看到洛倫穿著玫紅色的一字肩長裙，站在大廳中央，靜靜等候。

他停住腳步，抬起手腕看時間，距離約定的時間還有十分鐘。

這麼多年，他再沒有看到她慌慌張張跑向他的樣子，似乎只要兩人需要碰面，永遠都是她先到一步，心平氣和地等待。

辰砂緩緩走下樓梯，莫名其妙地想起警衛官說過的話：等待是折磨，也是甜蜜，如果一個守時的女人肯讓你等，表明她信任你、依賴你，知道你願意縱容她，她也願意被你縱容。

洛倫選擇了等待他，而不是讓他等待，表示什麼呢？

洛倫回頭，看到辰砂一身筆挺的制服，快步向她走來。

身材挺拔，容顏英俊，整個人像是冰雪雕成的塑像般完美。洛倫暗自嘀咕，其實她豔福不淺，只是無福消受！

辰砂十分敏銳，警戒地看她，「妳在想什麼？」

洛倫滿臉堆笑，狗腿地說：「發自內心讚美你英俊呢！」

辰砂面色一沉，轉身就走。

洛倫吐吐舌頭，急忙提著裙子去追。

＊　＊　＊

兩人到宴會廳時，已經有很多人在了。

洛倫挽著辰砂，在眾人注目下，一邊從容優雅地走著，一邊親切隨意地和各人打招呼。

「尤金，真是令人遺憾波娜的去世……」

「奧若，妳好。」

大廳一角，百里藍看著辰砂和洛倫，驚訝地說：「我記得上一次宴會，這位公主還哆哆嗦嗦、畏手畏腳的，怎麼一下子全變了？」

紫宴拋玩著塔羅牌，無奈地提醒：「你說的上一次，應該是十年前。」

百里藍滿臉呆滯，右手握拳，和左掌擊打一下，「看來她沒有虛度時間。」

紫宴笑吟吟地看了眼洛倫，沒有說話。

她何止是沒有虛度？

十年來，他一直在暗中看著她拚命往前跑，跌倒了立即爬起來，即使訓練得遍體鱗傷，也永不耽誤課業和工作，似乎連難受、沮喪一下的時間都沒有。

左丘白觀察了一會兒，突然說：「辰砂不討厭她。」

「因為公主的確招人喜歡啊！」封林的聲音突然響起，帶著一點微不可察的尖銳。

左丘白摸了摸鼻子，識趣地閉上嘴巴。

紫宴和百里藍笑著對了個眼神，決定路人甲乙還是專心做路人吧！

洛倫和辰砂走過來。

辰砂一言不發地坐在一邊，洛倫湊到封林身旁，高高興興地問：「楚墨呢？」

封林沒有吭聲，反倒紫宴指指門口的方向，笑瞇瞇地說：「來了！」

楚墨從人群中緩緩走來，雖然五官不像紫宴那般耀眼奪目，可斯文儒雅的氣質給人一種溫柔可靠的感覺，吸引很多女士上前搭話。

奧丁聯邦的結婚率比星際的平均結婚率更低，女士們完全不在乎天長地久，只追尋一夕擁有，所以難得有機會見到楚墨，一個比一個熱情，簡直恨不得黏到他身上去。

幸虧楚墨身後還悄無聲息地跟著棕離，雖然他的身材和五官長得一點也不比楚墨差，可陰沉多疑的眼神掃過，就像驅邪的門神一樣，把撲上來的女人全嚇了回去。

洛倫看得目瞪口呆，原來聯邦治安部的部長還有這個功能啊！

「紫宴和楚墨都太招女人，紫宴滑不留手，女人壓根握不住，楚墨就吃虧一點。」百里藍咧著嘴，幸災樂禍地笑，露出一口雪白的牙。

楚墨苦笑著坐下，「別拿我打趣了。」

洛倫看人都到齊了，問：「執政官會帶女伴一起來嗎？」

大家像是聽到什麼最不可思議的事情一般，眼神詭異地看著洛倫。

洛倫莫名其妙，她說錯什麼了嗎？

封林替她解圍，「倒是忘記了，妳還沒見過執政官。」

紫宴笑眯眯地說：「執政官單身。」

「那待會兒封林和楚墨開舞吧！」洛倫興致勃勃地提議。

因為她們的研究和楚墨的工作有很多交集，經常需要楚墨的協助，幾年接觸下來，洛倫發現封林對楚墨含情脈脈，但一直藏在心裡、不肯挑明。身為得力的下屬，她忍不住幫上司助攻一下。

封林隱隱期待地看向楚墨，可楚墨沒什麼興趣地淡淡說：「換別人吧！」

紫宴向洛倫打眼色，暗示地指左丘白，洛倫意識到有她不知道的隱情，試探地說：「封林和左丘白開舞？」

紫宴撫額。不怕人蠢，就怕人蠢得不徹底！

「請辰砂和公主開舞吧！」說話的聲音很客氣，卻帶著上位者特有的從容和篤定。

大家紛紛站起，異口同聲地說：「執政官！」

洛倫聞聲回頭，看到一個穿著黑色兜帽長袍、戴著銀色面具的高大男子。他全身上下裹得密不透風，連手上都戴著手套，唯一還流露出生氣的地方，就是冰冷面具上的兩隻藍色眼睛。

執政官和每個人打過招呼後，視線落在洛倫身上。

洛倫主動地屈膝行禮，「我是英仙洛倫，辰砂的夫人。」

執政官微微欠身，「妳好，我是殷南昭。」

他禮儀完美、言辭客氣，卻讓人覺得很冷漠疏遠，有一種拒人於千里之外的距離感。洛倫明白了為什麼她提到執政官的女伴時，大家都會表情詭異；如果說辰砂像雪一樣冰冷，千旭像陽光一樣溫暖，那麼這個男人就是一片荒蕪，完全沒有溫度，無法想像他和任何人有牽絆。

＊　＊　＊

音樂聲響起，辰砂和洛倫走入舞池，開始跳第一支舞。

洛倫本來擔心自己不會跳，可踏了幾個節拍後，動作漸漸流暢。她發現自己不但會跳舞，而且跳得很好，反倒是辰砂有點笨拙。

倒是不難理解。辰砂這性子，估計很少有機會和姑娘跳舞，但是她呢？她為什麼會跳得這麼好？陪她跳舞的男人是誰？

「在想什麼？」辰砂突然問。

洛倫忙說：「沒什麼。」知道辰砂不好敷衍，她果斷地轉移話題，「封林和左丘白之間怎麼回事？」

「左丘白是封林的初戀。」

啊啊啊！洛倫簡直要尖叫，不能怪她太愚蠢，而是完全沒想到！

「那他們現在……」

「已經分手二三十年了。」

哦哦哦！那其實早就沒有任何關係了，但是估計就是因為這麼一段黑歷史，封林才遲遲不敢向楚墨表明心意。

「他們為什麼分手？」

辰砂瞪了著洛倫一眼。

洛倫也覺得自己拉著辰砂講八卦有點過分，忙討好地說：「我們好好跳舞吧！」

辰砂不愧是3A級體能，身體的模仿和協調能力絕佳，不過一會兒，就已經跳得十分自如。

悠揚的音樂聲中，洛倫徹底放鬆，半閉著眼睛，任由辰砂帶她前進、後退、旋轉、再旋轉。

舞曲結束，響起掌聲。

洛倫微笑著向大家點頭致謝，目光不知不覺地落在大廳盡頭的執政官身上。

他坐在那裡，明明身處喧鬧的人群，卻好像獨自一個坐在冰冷的雪山之巔，看著眾生百態在他面前上演。

七情六欲落在他的眼中，卻進不到他的心裡。他永遠都是沒有表情、冷冰冰的金屬面具臉。

洛倫小聲問：「執政官一直都……這樣裝扮嗎？」

辰砂說：「不是。他得了基因病後才戴上面具。」

什麼病要全身上下都包裹得密不透風，連手都不放過？洛倫一下子想起來了，有一種叫做「活死人」的基因病，會讓身體像已經死亡的屍體一般慢慢腐爛，目前研發出來的藥劑只能延緩，無法根治。

曾經看過的病例資料在腦海中浮現，一幅幅恐怖駭人的畫面讓洛倫禁不住打了個冷顫。這種病也被叫「人間地獄」，身體無時無刻不在痛苦煎熬，明明還活在人間，其實已經身處地獄。

突然，所有燈熄滅，大廳陷入一片黑暗。

洛倫的眼睛還沒有適應驟然而來的黑暗，眼前一片漆黑，辰砂卻已經像一隻凶猛的野獸一般撲了出去。

過了一會兒，伴隨著人群的尖叫聲，洛倫隱隱約約看到，有人想要刺殺執政官。辰砂正和幾個人打鬥，看不到紫宴，可紫色的塔羅牌在空中盤旋飛舞，組成不停變換的矩陣，像一個個盾牌一樣把所有子彈擋住了。

百里藍、左丘白、棕離沒有出手，各守一方，形成包圍圈，嚴陣以待地盯著，擺明要把刺客一網打盡。

舞池裡的人一邊尖叫，一邊四處躲避，可劈劈啪啪的子彈聲中，好像哪裡都不安全。他們驚慌地推來擠去，把局面弄得更加混亂。

突然，一束光亮起。

洛倫看到封林舉著應急手電筒，和楚墨守在門口，高聲叫：「從這裡疏散，不要推擠，一個個走！」

慌亂的人群一下子有了方向，都朝光亮湧去，洛倫也順著人流跟過去。

隱隱約約中，她感覺到什麼，立即轉身，動作迅疾地抓住一個女子的手腕，五指用力一扭一推，女子手中微型注射器裡的藥劑全部打到她自己身上。

女子震驚地瞪著洛倫，洛倫還沒來得及得意，一隻手悄無聲息地捂住她的嘴鼻，她連掙扎都來不及，就失去了意識。

＊ ＊ ＊

洛倫恢復意識時，飛車剛剛停下，竟然是生命研究院樓頂的員工停車坪。

不知道這些恐怖分子做了什麼，研究院的光源也被切斷，四周黑漆漆一片。

洛倫被粗暴地推下車，一個光頭男用槍抵著她的頭，「開門！」

冰冷的槍口緊貼肌膚，傳遞著無聲的致命恐嚇，洛倫身子輕顫，卻沒有動，心念急轉地思索，他們究竟想要做什麼？

「開門！」光頭男用槍狠狠砸洛倫的頭。

洛倫感覺到血從頭上流下，於是對研究院的智腦下令：「請核對身分、允許通行。」

「確認身分，駱尋。」厚重的金屬大門緩緩打開。

兩個男人一左一右地押著洛倫走進研究院。

沒有正常光源，走道裡閃爍的緊急照明讓四周顯得格外陰森寂靜。

兩個男人問都沒問，就找到緊急情況使用的員工電梯，看來他們對研究院的內部結構很瞭解。

通往地下三層的電梯會自動辨識身分，非工作人員無法啟動。

光頭男示意洛倫按電梯，「我們要基因研究的資料！」

「整個生命研究院都在研究基因，你想要哪部分？」洛倫一邊拖延時間，一邊急速地思考如何脫身。

光頭男不耐煩地說：「別裝傻！最機密的！」

「我只是一個中級研究員，根本接觸不到最機密的研究，你們找錯人了！」

光頭男重重一拳打在洛倫臉上，洛倫向一邊跌去，撞到電梯壁，軟軟地跪在地上。

她口裡全是血，整張臉痛得發麻，蜷縮著身子，擋住兩個男人的視線，裝作抬手擦拭嘴角的血，飛快地檢查了一下個人終端機，發現竟然完全被屏蔽了，根本不可能發出任何求救訊息。

光頭男抓住洛倫的頭髮把她拽起來，槍抵在她額頭中間，「還需要再幫妳回憶一下嗎？」

洛倫嗚咽著搖頭，「不……用。」

她哆嗦著手按了B2的按鈕，按鈕上留下一個淺淺的血印。

電梯門緩緩打開，兩個男人押著洛倫向外走。

洛倫腳步踉蹌，手好像無意識地在電梯門上撐了一下，留下一道血痕。

她迅速分析，這些人出手毒辣，像是拿人錢財、替人辦事的職業雇傭兵。目的達成後，最大的可能是直接殺了她。

指望辰砂他們及時趕到，似乎不太切實際，畢竟執政官的安全肯定比她重要無數倍。一團混亂中，他們能不能馬上發現她失蹤了，都說不準，所以必須想辦法自救。

洛倫領著兩個男人走進一個像是檢查室的房間，非常空曠，有床、有桌椅，還有各種檢查儀器和醫療用品。

光頭男掐著洛倫的脖子，幾乎把她從地上提起，「妳最好別玩花樣！這是哪裡？」

洛倫覺得自己馬上就要窒息，掙扎著說：「基因研究……是用人做研究體，難道你們……要的不是人類的基因研究？」

光頭男像是被說服了，惡狠狠地放開洛倫，「把資料傳送到我的終端機裡。」

洛倫輸入指令、啟動智腦，「檔案拷貝傳送，需要至少兩個參與研究的工作人員的身分認證。」

黑漆漆地槍管對準她，洛倫急速地說：「我可以盜用同事的身分，但需要一點時間，三、五分鐘就可以了。」

光頭男揮揮槍，示意她繼續。

洛倫十指如飛，在鍵盤上敲打著。

兩個男人虎視眈眈地盯著看了一會兒後，沒有發現異狀，彼此打了個眼色，光頭男依舊盯著洛倫，另一個男子則在屋裡轉來轉去，四處查看。

洛倫說：「先生，那些都是精密的研究儀器，請您保持距離。」

男子不屑地哼了一聲，不但走得更近，還耀武揚威地朝儀器開了一槍。

洛倫氣得敢怒不敢言，眼淚在眼眶裡打轉。

一直盯著洛倫的光頭男呲牙而笑，扭頭看向同伴。就在他要回頭還未真正回頭的瞬間，洛倫用盡全身力氣，向門外衝去。

「嗚嗚」的警報聲中，一個玻璃罩子突然落下，拿槍射擊儀器的男人在裡面，沒來得及逃出，光頭男卻反應迅速，飛縱躍起，就地一個翻滾，趕在玻璃罩落下前的最後一刻逃出來。

他顧不得救裡面的男子，直接衝出來追洛倫。

洛倫聽到子彈打在地面的聲音，知道自己的計策沒有完全奏效，現在激怒了劫匪，只怕凶多吉少。

她一邊借助對地形的熟悉，快速地跑著，一邊恨恨地想，即使死，也得拖一個墊背。

就在光頭男快要抓住她時，洛倫衝進一個房間，立即反身鎖上門。

光頭男狠狠撞了幾下門，發現撞不開。他隔著玻璃門，對洛倫呲牙咧嘴，露出凶殘惡毒的狠笑。

洛倫沒客氣地對他做了個豎中指的動作，「死變態！」

光頭男表情猙獰，往後退了幾步，握著槍，對準玻璃門瘋狂掃射。

之前落下的那個玻璃罩是為了突發性異變建造的，材質特殊，不懼槍擊，但現在這道玻璃門卻只是普通的防護門，堅持不了多久。

洛倫一刻也不敢耽擱地打開低溫儲藏櫃，視線在密密麻麻的藥瓶上掠過，急速地抓出幾個瓶瓶罐罐，把它們按照一定的比例兌在一起。

這些化學試劑本身並不算危險品，但是，當它們混合在一起後，一旦遭受撞擊，就會產生連鎖反應，不但會爆炸，還會形成劇毒的煙霧，瞬間破壞人類的呼吸系統。也許，3A級體能的人有機會逃離，但A級以下，必死無疑。

玻璃門被槍轟碎，光頭男踩著滿地碎片，在哢嚓哢嚓的響聲中，一步步走進來。

他猙獰地盯著洛倫，陰森森地問：「妳想怎麼死？」

洛倫手裡拿著三角燒瓶，鎮定地站著。

過去十年的記憶在腦海裡飛速掠過，最後定格在千旭。

雖然很多事還沒有答案，但她已經盡力了，沒有什麼遺憾。如果真要說，唯一的遺憾就是還沒有成為基因修復師，幫千旭治好病，甚至連說一聲「再見」的機會都沒有。

洛倫抬起手，正要把三角燒瓶用力砸在地上，光頭男突然直挺挺地倒下去。

千旭拿著槍，站在她面前，警戒地四處看了一圈，判斷再沒有危險人物時，才把槍收起來，「還有別的歹徒嗎？」

洛倫不知道究竟是夢是幻，呆呆地搖搖頭，眼睛一眨不眨地盯著千旭。

千旭緩緩伸出手，像是怕驚嚇到她一般，十分輕柔地說：「駱尋，妳已經安全了，把手裡的瓶子遞給我。」

洛倫這才敢相信一切都是真的。她沒有把三角燒瓶遞給千旭，反而握在手裡更緊，「你趕快出去！這瓶試劑很危險，我要先處理掉它！」

千旭站著沒有動，「我陪妳。」

洛倫心頭猛地一跳，盯著千旭，急促地說：「這瓶試劑真的很危險，一個不小心就會爆炸。」

「我知道，所以我陪著妳比較好。」千旭微微而笑，從容淡定。

同生共死嗎？洛倫顧不得去想心裡是什麼感覺，定了定神，屏著呼吸走到實驗臺旁，小心翼翼地把試劑一點一點銷毀。

等確定危險完全解除後，她突然覺得身子虛軟無力，一下子跌坐在地上。

千旭看她頭臉、脖子都是血，半張臉腫得老高，俯身去檢查她的頭部，看傷在哪裡。

「哪裡痛？」

莫名其妙的，洛倫的眼淚唰地一下落了下來。

剛才遇險時，一個人面對兩個凶狠歹徒，都沒有哭，這會兒有人在身邊噓寒問暖了，卻覺得又委屈又後怕。

千旭蹲下來，輕拍著她的背，「沒事了，已經沒事了。」

洛倫嗚咽著說：「他們打我的頭，還打我的臉，我肯定被毀容了。」

千旭睜著眼睛說瞎話：「沒有毀容，和以前一樣好看。」

「你騙人！明明腫了，我自己都感覺得到！」

千旭裝模作樣地端詳，「腫了也挺好看的。」

洛倫破涕為笑，「沒想到你也會假話連篇。」

千旭檢查完洛倫的頭部，確定傷口不算嚴重，放下心來。

「我送妳去醫院。」

洛倫想站起，可腳踝一陣劇痛傳來，「哎呦」一聲，滿頭冷汗地又坐回地上。

千旭輕抬她的腳，檢查了一下，「應該是逃跑時扭傷了，暫時不能走路。」

「三樓有輪椅。」可是，想到要一個人待在這，洛倫突然心生畏懼。

千旭看出了她的害怕，「我的飛車就停在外頭，我抱妳過去？」

洛倫立即點點頭。

千旭打橫抱起她，大步流星地走向電梯。

洛倫頭痛欲裂，挨在千旭肩膀上，昏昏沉沉地閉上眼睛，「不是說最近工作很忙嗎？怎麼會這時候來研究院？」

「基地的照明系統突然被入侵破壞，有的地方斷電了，我擔心妳因為加班還留在研究院，撥打妳的個人終端機，卻聯絡不上妳，就過來看看。」

洛倫猛地睜開眼睛，怔怔看著千旭。

過去十年，她做為一個靠關係混進來的員工，為了不拖同事的後腿，經常主動加班工作。完全沒有想到，有朝一日竟然會因為這個習慣獲救。更沒有想到，竟然會有人因為她的這個習慣，特意到研究院來找她。

洛倫覺得心口發脹，「千旭……」

「什麼？」千旭等了一會兒，都不見她開口，低下頭，疑惑地看著她。

洛倫粲然一笑，「我沒有加班，是被歹徒劫持過來的，不過幸虧你來了。」

千旭笑了笑，什麼都沒說。

洛倫微笑著閉上眼睛，連頭痛都似乎輕了幾分。

＊　＊　＊

千旭突然停住腳步。

洛倫以為到了，昏昏沉沉地睜開眼，卻看到辰砂和封林站在前面，她心裡一驚，立即清醒過來，下意識地就要掙扎著下來。

「別動，妳的腳不能用力。」千旭對她安撫地一笑，洛倫真的不動了。

「指揮官。」千旭雙腳併攏站直，向辰砂致敬。

辰砂沒理會他，徑直走到洛倫面前，面色嚴肅地問：「哪裡受傷了？」

洛倫簡直要急哭了，眨巴著眼睛，滿臉哀求，「報告指揮官！我是生命研究院的研究員駱尋，被兩個歹徒挾持，是千旭救了我。初步檢查，頭部和腿部有傷。謝謝指揮官關心！」

她一口一聲「指揮官」，希望辰砂能明白她的意思。

辰砂的目光在她臉上停了一會兒，看向千旭，「歹徒呢？」

「一名被我擊斃，一名被駱尋關在B283室。」

辰砂下令：「把駱尋交給封林院長，你和我去B283室，需要你向紫宴和棕離陳述事情經過，協助調查。」

「是！」

千旭把洛倫抱給封林，對洛倫笑了笑，什麼都沒說地跟著辰砂走了。

洛倫鬆了口氣，對著辰砂的背影，輕輕說了聲「謝謝」。

她知道辰砂聽得見，希望他能接受她的感謝。

＊　＊　＊

封林心中狐疑。雖然千旭和洛倫幾乎沒有對話，連聲「再見」都沒說，可一舉一動中透著默契，完全不像是剛認識的人。

封林一邊幫洛倫處理傷口，一邊試探地問：「妳和千旭以前就認識？」

「嗯。」

「怎麼認識的？認識多久了？」

「在研究院無意中碰到的，有一段日子了。」

「他不知道妳的身分？」

「研究院裡除了妳和安娜，沒有人知道我的身分。」

洛倫的每一個回答都沒有問題，可封林總覺得不安，「千旭救了妳，妳是不是很感激他？」

「是啊。」

「辰砂的表現是不是讓妳很生氣？」

「沒有啊。」

但封林卻完全沒聽進去，憂心忡忡，自顧自地說：「妳千萬別生辰砂的氣。」

到底什麼意思？洛倫懷疑自己是不是又失憶了，要不然她怎麼不記得辰砂做錯了什麼，需要她原諒。

「辰砂不是不在意妳的安危，只是，當時我們都以為那些人是衝著執政官來的，完全沒想到你會有危險。」封林暗自懊惱。自從洛倫來到奧丁，一直太太平平，他們都疏忽大意了。

哦！原來是為了這件事！不過，十年前，辰砂就和她約定了只是利益交換的假夫妻。辰砂沒把她當妻子，對她沒有情感；她也沒把辰砂當丈夫，對他沒有期待。所以，一個在遭遇危險時毫不遲疑地離開了，一個則被丟下時完全沒想到要介意、生氣。

洛倫笑了笑說：「沒關係，誰都想不到會有人想抓我。」

封林很心虛。那一刻，習慣成自然，他們七人各司其職，不但辰砂沒想到洛倫，她這個好朋友也完全忘記了洛倫，還是紫宴問起，他們才發現洛倫不見了。

撥打她的個人終端機，沒有人接，也沒有辦法定位她的位置，他們才意識到大事不妙，最後是紫宴透過智腦確定了洛倫有可能在研究院。

封林誠懇地說：「辰砂趕來的路上，把車開得飛快，看得出他心裡很不好受，真的不是不在意妳。」

洛倫覺得頭又重又暈，一邊「嗯嗯」地答應著，一邊昏昏沉沉地睡去。

＊　＊　＊

研究院的中央監控室。

封林對智腦下指令，要它調出監視影像，重播之前發生的事情。

紫宴坐在椅子裡，沉默地看著——

洛倫站在安全門前，因為拖延開門，被打得頭破血流。

電梯裡，洛倫被一拳打到臉上，人跌跪在地上……

紫宴突然說：「停！」

他指指洛倫躺著的身子，「放大這裡，放慢速度。」

圖像放大後，可以看到洛倫快速碰了一下個人終端機，痛苦地躬著身子擦嘴時，手掬著，故意把嘴裡的血都吐到手掌裡，把手掌全染紅。

封林驚訝地說：「天哪！洛倫是算好的，她故意刺激歹徒去打她？」

紫宴目光幽深，不予置評，只是說：「繼續播放。」

洛倫像是完全無意地在電梯按鈕上和電梯門上都留下血跡。

封林喃喃說：「只要有人經過電梯，就會看到門上的異常；只要他進入電梯查看，就會知道異常發生在哪個樓層。千旭肯定是這樣找到洛倫的。」

洛倫帶著歹徒走進研究院為研究突發性異變專門建立的觀察室……

封林說：「這個房間雖然儀器很多，但其實只是預備觀察室，沒有任何有用的資訊，洛倫壓根就沒想過要給這兩個混蛋任何資料。」

紫宴沉默地盯著眼前栩栩如生的虛擬影像——

光頭男掐著洛倫的脖子拎起她，警告她老實一點，洛倫臉色慘白，足尖痛苦地掙扎著想要碰到地。

玻璃罩落下時，洛倫向外衝，光頭男緊追在後。

封林明知洛倫最後被千旭救了，卻依舊捏把冷汗。

洛倫衝進試劑儲藏室。她鼻青臉腫，狼狽不堪，卻隔著玻璃門，趾高氣揚地對光頭男豎起了中指。

封林不禁噗哧一聲笑出來，輕鬆地說：「千旭應該就是這個時候趕到的。」

可是，千旭並沒有出現。

在光頭男掃射玻璃門的聲音中，洛倫鎮定地調配藥劑，封林的臉色頓時變了。她完全沒想到洛倫輕描淡寫的一句「千旭救了我」，過程竟然是這樣。

紫宴問：「她在做什麼？」

「一種簡易的毒氣炸彈。洛倫想同歸於盡。」

紫宴盯著忙碌的洛倫，一言不發。

玻璃門碎了，光頭男走向洛倫。

洛倫的手藏在裙子裡，眼神在一瞬的恍惚後，變得清澈堅定，嘴角微彎，還帶著狡計即將得逞的得意。

明豔的紅裙，像是一團烈火，包裹著她。

當她抬手要砸瓶子的一瞬，封林差點失聲尖叫。

幸好，光頭男突然倒下，洛倫看到千旭，手停在半空中。

洛倫處理完自己配置的毒氣彈，坐在地上失聲痛哭時，封林覺得自己的眼睛都有些潮濕；千旭再來晚一點，洛倫就會用性命去兌現十年前許下的承諾。不知不覺中，她對千旭的幾分不悅蕩然無存，只剩下慶幸，幸虧有他牽掛洛倫，幸虧他及時出現！

封林低聲說：「我們都應該對洛倫好一點。」

紫宴若有所思地盯著柔聲安撫洛倫的千旭，「把這段影像傳給辰砂。」

＊　＊　＊

洛倫被傷口痛醒時，發現已經在自己的臥室。

辰砂坐在床邊的扶手椅裡閉目假寐。她醒來的一瞬，他也睜開了眼睛。

「楚墨說傷口會有點痛。」辰砂把一個冰袋按在洛倫的臉上，「妳應該能忍過去，我沒讓他用止痛藥。」

止痛藥的副作用其實小到幾乎沒任何副作用，但是，軍隊裡有一種暗暗流傳的說法：如果想成為3A級體能，甚至傳說中的4A級體能者，就一定要少用這類東西，保持身體對疼痛的敏感度。

洛倫扁嘴說：「你對我還真有信心！」

「妳忍不過去？」

「不是這個，我是說你竟然還沒有放棄要我成為3A級體能者的想法，你難道不知道全聯邦只有兩個3A級體能者嗎？」

辰砂沉默不語。

洛倫看著他堅毅的面容，完全無法理解，「你真的相信我能變得像你和執政官一樣？」

「不是相信，是希望。我希望我的妻子是3A級體能。」

洛倫心裡謝天謝地，還好她和辰砂是假夫妻；這位非人類對老婆的要求太高了，不是一般女人能消受的。

黑暗中，辰砂靜靜看著洛倫，目光寂然，比夜色更晦澀難懂。

洛倫覺得很古怪，沒話找話地說：「被我關起來的那個歹徒呢？」

「我趕到時已經自盡了。」

洛倫苦笑，「意料之中。他們行事狠毒，成功的話不會留我活口，失敗的話不會留自己活口，反正都不會留下線索。」

「星際間的傭兵集團很多，看上去線索斷了，查無可查，但紀律這麼嚴明冷酷的可不多，本身就是一條線索。」

對啊！洛倫眼睛一亮，「執政官那邊有線索嗎？」

「抓住了幾個活口，是那些集團專門培育的殺手。除了殺人，別的什麼都不知道。紫宴正在審問，但根據以往的經驗，問不出有用的資訊。」

「什麼人會既想刺殺執政官，又想要基因研究的資料？」

「也許是外敵，也許是……」辰砂緊緊地抿著唇，目光冰冷如刀刃。

洛倫漸漸反應過來，也許是自己人幹的！難怪斯拜達宮和軍事基地的照明系統都會被入侵，兩個劫匪沒有觸動任何警報系統，就挾持著她進入了基地內部的研究院。似乎，只有內部有人幫助才解釋得通，而且這個內鬼的許可權不低。

事情複雜得已經完全超出洛倫的理解，她問都不知道該從何問起，但毫無疑問，辰砂的身分讓他處於激流漩渦中。

洛倫說：「你去休息吧，有機器人照顧就行了。」

「封林要我陪著妳，她說妳在生氣，我應該哄哄妳。」

洛倫詫異：「你幾時這麼聽封林的話了？」

「因為恰好我也想這麼做。」

「……」洛倫傻了。

「今晚的事，是我考慮不周。我承諾了保障妳的安全，卻沒有做到，對不起。」

「我沒有生氣，說老實話，我壓根不在意。」

「紫宴說，女人說不生氣時就是生氣，說根本不在意時就是很在意。」辰砂打開一個復古式樣的眼鏡盒，裡面有一副眼鏡，「啤梨多星上的梨光石做成的眼鏡，能隔絕宇宙間的有害光線，保護人類眼睛的健康，很適合從事科研工作、經常用眼的女性。」他語氣刻板，完全像是一個銷售機器人在做產品介紹。

洛倫震驚得一下子坐了起來，「你、送、我、禮物？」

辰砂研究著洛倫的表情，「妳的反應和紫宴說的不一樣。」

「紫宴的話你也信？」大哥，你的智商被狗吃了嗎？

「每個人都有自己擅長的領域，這應該是紫宴擅長的領域。」

洛倫簡直要吐出一口老血，不知道間諜頭子被認為擅長領域是哄女人，會是什麼表情。

她忍著痛緩緩躺下，「辰砂，我真的沒有生氣，相反地，我很感謝你。」

「因為……千旭。」

「嗯，謝謝你沒有揭穿我。」

辰砂低著頭，慢慢地把眼鏡盒關上，放到洛倫的梳粧檯上。

他背對著洛倫說：「妳不肯告訴千旭妳是誰，究竟是因為妳的公主身分，還是因為妳和我的婚姻關係？」

洛倫張了張嘴，卻沒有辦法回答。

她能說什麼呢？難道告訴辰砂兩個原因都有嗎？因為身分是假的，婚姻也是假的，她不想欺騙千旭，只能什麼都不說。

辰砂轉過身，面無表情地看著她，「欺騙像流沙，不管妳想要什麼，都無法支撐太久。」

洛倫愣愣地發著呆。因為她不願欺騙千旭，所以一直在欺騙他？

但是，她能怎麼辦？

即使揭開了這個欺騙，依舊是一片流沙，依舊什麼都無法支撐。

Chapter 8

生活總有變數

這才是登山最美妙誘人的地方，
就像人生，永遠都沒有辦法計畫，總是會有意料不到的變故。

洛倫的傷不是什麼重傷，休息幾天就差不多好了。

清晨，她準備去上班時，看到梳粧檯上的眼鏡盒。她好笑地搖搖頭，轉身離開，走了幾步，又突然回身，把眼鏡拿出來戴上。

到了研究院，洛倫一邊等電梯，一邊低頭看資料。封林走過來，關心地問：「妳的傷全好了嗎？不再休息兩天？」

洛倫頭也沒抬地說：「已經沒事了，不想錯過今天的會議。」

封林拍拍她的肩膀，「紫宴說辰砂送禮物給妳了，喜歡嗎？」

洛倫抬起頭，面朝封林，指指鼻梁上「性冷感、學者風」的眼鏡。

封林「呃」了一聲，露出「辰砂，我拿什麼拯救你」的表情。

洛倫迅速按下個人終端機，拍了張照片，把封林看著自己的精采表情傳給紫宴。

附註：「謝謝哦！不過真的不需要再有下次了。」

封林鬱悶地嘟囔：「有沒有搞錯？紫宴難道沒告訴他應該買什麼嗎？」

洛倫想起那天晚上辰砂的話，「他肯聽從別人的建議時，只是因為他也恰好想那麼做。」

「嘀嘀」的蜂鳴音，紫宴要求視訊，洛倫接通了。

紫宴看到洛倫的樣子，笑得樂不可支，「挺好看的。」

「這麼好看，要不要給你的女人們人手一副？」

紫宴笑瞇瞇地說：「我倒是想，可惜我沒有一個喜歡讀書、做研究，整天要用眼睛的無趣女人。」

洛倫咬牙。

封林譏諷：「真是謝謝你沒來禍害我們！」

「不客氣。」紫宴坦然自若，臉皮也是真厚。他打量著洛倫的頭，「傷口還沒全好吧？妳這麼拚，妳老闆知道嗎？」

洛倫下意識地摸頭，對封林陪笑著解釋：「真的沒事了，醫生都說可以外出。」

封林無奈地說：「自己小心一點。」

洛倫朝紫宴揮揮拳頭，立即切斷視訊，壓根不給他反擊的機會。

＊　＊　＊

洛倫換好工作制服，走進大會議室，發現很多人已經在了。

一眼看過去全是白色的工作服，可又有細微的不同，胸口上印著紅十字徽章的是醫生，胸口上印著綠色四葉草徽章的是研究員。

楚墨正在回答一個初級研究員關於病人臨床反應的問題，十分耐心細緻。

洛倫支著下巴，看著楚墨感歎：幸虧聯邦還有楚墨這麼可靠的男人，也許封林就是因為見了太多不可靠的傢伙，才會暗戀上楚墨。

封林坐在洛倫旁邊，用手裡的電子筆戳了戳洛倫，「我知道楚墨是大家的男神，可是妳已經結婚，就別想入非非了。」

「放心，我不會和妳搶！」

封林滿臉警戒，掩飾地說：「什麼意思？楚墨和我又沒有關係！」

洛倫笑瞇瞇地瞅著封林，促狹地問：「難道妳不想和他有關係嗎？」

封林沉默了一會兒，懨懨地說：「妳啊，自己的事還一團亂呢！就別替我瞎操心了！」

「我哪裡亂了？」洛倫的心猛地一跳，竟然莫名地覺得心虛。

封林還沒開口，安娜走上臺，提醒大家會議時間到，封林和洛倫都立即清空所有雜念，認真聽起來。

在安娜的主持下，發言者按順序，一個個上臺發言。

醫生講述了他們的臨床治療，研究員講述了他們的實驗觀察，兩方互為借鑑，提出質疑，展開激烈的討論。

最後是楚墨和封林發言。

「一直以來，基因異變被分為突發性異變和自然性異變，我們也一直把兩種異變當成兩種疾病在研究，但也許它們不是毫無關聯。至少從理論上來說，如果我們能治癒突發性異變，自然性異變也應該能被治癒……」

「幾百年來，無數研究實驗都失敗了。看上去，這些失敗毫無意義，令我們十分絕望，可也許它們一直在告訴我們正確的路在哪裡。就像在遊戲裡闖迷宮，如果拿不到攻略，絕不可能知道正確的路徑，但可以藉由試錯，一點點排除錯誤的路……」

楚墨和封林在發言前，應該完全不知道對方會說什麼，可是，他們的發言似乎有千絲萬縷的聯繫。不但旁聽的人十分驚喜，恨不得把他們說的每個字都記錄下來，就連他們自己都露出了意外和欣喜。

八個小時的時間，一晃而過。

安娜宣布會議結束時，每個人都神情恍惚，坐著不動，似乎仍沉浸在思索中。

洛倫隱隱地覺得，封林和楚墨似乎觸摸到了一扇門，只是現在還找不到鑰匙在哪裡。

楚墨走過來，對封林讚許地說：「很精采的發言！」

封林挑了挑眉，笑著說：「你也不差！」

楚墨伸出手，「加油！否則，我們醫院會讓你們研究院顏面掃地，你們可是專業研究機構。」

醫生們都哈哈大笑起來。

封林握住楚墨的手，神采飛揚地說：「楚墨院長，你們要不再努力一點，也許病人都跑來我們研究院請求治療了，我們可不是開醫院的！」

研究員們爆發出喝采鼓掌聲。

一瞬間，身處其間的洛倫竟然有點熱血沸騰。

如果說辰砂和執政官他們在一個硝煙彌漫的戰場上為聯邦戰鬥，那麼楚墨和封林他們就在一個沒有硝煙的戰場上為聯邦戰鬥，看上去沒有生命危險，可是無數次的失敗，無數個日日夜夜的枯燥試驗，在絕望中尋找一點渺茫的希望，需要的勇氣和堅持，一點都不比那些用生命去戰鬥的軍人們少。

洛倫把手放在心臟部位，清楚地感受到自己鏗鏘有力的心跳。

突然之間，她發現很多事情在不知不覺中變了。

十年前，她只是功利現實地選擇了基因研究這個職業；十年後，她喜歡上了自己的工作。她喜歡封林，喜歡楚墨，喜歡一起努力奮鬥的同事，喜歡研究中每一次微不足道的發現。

十年前，她想成為優秀的基因修復師，因為她想有一技之長，可以走到哪都不至於餓肚子；十年後，她更加想成為優秀的基因修復師，因為她不僅想讓自己活得更精采，還想治好千旭的病，讓千旭活得無憂無慮。

✷ ✷ ✷

洛倫回到辦公室，坐在椅子裡，看著桌上的３Ｄ相框，默默沉思。

裡面是一副立體日出照，她和千旭一起去爬阿麗卡塔最高峰依拉爾山時拍攝的。

自從她和千旭去冒險家樂園玩過後，她就一直想去真正的依拉爾山。

當她努力把體能提升到D級時，千旭答應給她一個獎勵，她提出去攀登依拉爾山脈的主峰。

這個體能去挑戰星球最高峰其實很勉強，但洛倫太想完成這個心願了。她的每一個心願都像是不可能完成的任務，攀登到阿麗卡塔最高峰的峰頂已經是最簡單的。

千旭沒有問她為什麼會有這麼不理智的決定，更沒有說什麼來日方長，建議她努力到C級體能再去攀登，他答應了。

他做了周全的準備：採購最好的裝備，培訓她野外生存自救，設計登山路線，模擬各種危險狀況……

即使做了萬全的準備，登山過程依舊很凶險。甚至因為她的一次失誤，兩個人差點摔下萬丈懸崖。

最後總算保住性命，可是，不但丟失了大部分裝備，還偏離了預訂的登山路線。

夜幕降臨，刮起了大風，下起了大雪，整個天地一團漆黑，除了雪就是冰，像是要吞噬掉一切生命的死域。

洛倫很絕望，連她都想搧自己幾個耳光，為什麼好好的日子不過，要拉千旭來送死？

可是，千旭沒有怪她。

他的聲音一如往常、和煦淡定，「這才是登山最美妙誘人的地方，就像是人生，永遠都沒有辦法計畫，總是會有意料不到的變故。變故不僅僅意味著困難，也意味著與眾不同的風景。登山路上正因為這些變故，才讓人永遠對生命心懷敬畏，期待著下一刻。」

「倘若下一刻依舊是風雪呢？」

「那就繼續等下一刻。」

下一刻，風雪沒有停。

一個又一個下一刻，兩天後，風雪停了。

洛倫震驚地看到——

厚厚的積雪因為風勢和地勢形成千奇百怪的形狀，整個世界粉雕玉琢、鬼斧神工，非人力所能為。其時，恰好陽光破雲而出，一道彩虹橫跨在雲端和冰雪叢中，美得不像是人間。

洛倫激動地衝進瓊花玉樹的冰雪世界中，站在彩虹下，回首看向千旭。

千旭淡定地站在她身後，微笑地看著她。

洛倫忽然之間胸中充滿了一往無前的勇氣，不管將來發生什麼事，她都要心懷希望努力往前走，因為變故不僅僅是困難，只要克服過去，也會是意料之外的美景。

三天後，洛倫和千旭歷經艱辛、從另一條路線攀登到山頂。

當她看到初升的太陽從她腳下的皚皚雪山中升起，光輝灑遍連綿起伏的雄渾山脈時，覺得所有的苦都沒有白吃。

對著千山旭日，她拍下這張照片，心裡豪情萬丈地對自己說：第一個願望實現！

＊　＊　＊

洛倫發訊息給千旭：「晚上有空嗎，我想請你去珠穆朗瑪餐廳吃晚飯。」

「發生了什麼特別的事？」千旭立即捕捉到重點。

「一是感謝你前幾天的救命之恩，二是十年前你問我的那個問題，我有答案了。」

「手頭還有點工作，半個小時後才能完成。」

「一個小時後在餐廳見？」

「好。」

洛倫預訂好位置後，視訊聯絡辰砂。

影像顯示辰砂正在訓練館，滿頭的汗，他身後是穿著作戰服，全身包得嚴嚴實實的執政官。

辰砂的目光停留在洛倫的眼鏡上，「什麼事？」

「我晚上要和朋友出去吃飯，會晚一點回去。」

「同事？」

「不是，是千旭。上次他救了我，我想請他吃頓飯表示一下感謝。」

「知道了。」辰砂乾脆俐落地切斷了視訊。

洛倫摩挲著個人終端機，思索著剛才的畫面。

辰砂和執政官在做對抗性訓練，似乎被虐打的是辰砂，難道執政官的體能比辰砂還好？不過，執政官也不可能輕鬆，應該只是因為看不見他的樣子，所以覺得他比較輕鬆。

果然，戴面具的傢伙都最會裝模作樣！

✷ ✷ ✷

珠穆朗瑪餐廳遠離商業中心和居民住宅區，在一座靠河的山上，四周環境十分清幽安靜。

洛倫坐在原木搭建的露臺上，欣賞著周圍的景致。

露臺下是鬱鬱蔥蔥的林木，風過處，樹影婆娑、沙沙作響。遠處層巒疊嶂，一條大江蜿蜒曲折、奔湧不休。江上波光粼粼，兩個月亮懸掛在天空，一東一西，交相輝映，是阿麗卡塔著名的雙子衛星。

洛倫收回目光，打開星網，一邊滑看基地論壇，一邊等千旭。

論壇首頁的最熱門話題竟然是封林和楚墨握手相視的照片，標題：男神＋女神，求在一起！

洛倫啞然失笑，點進去看，發現是一段影片，從會議結束後，楚墨走過來對封林打招呼開始，到封林自信飛揚地回擊結束。

放這段影片的人應該是參加會議的研究員或者醫生，為了不違反保密條例，模糊了時間和地點，把背景替換成燈火輝煌、車水馬龍的城市夜景，卻更凸顯出兩個人的自信霸氣，又似乎隱隱暗示著他們的談話影響著無數人。

底下的回帖，什麼樣的鬼哭狼嚎都有。

「毫無疑問，封林公爵才是霸氣攻！」

「為了聯邦，求你們繼續相愛相殺！」

「突然想去做基因研究了，現在轉行還來得及嗎？」

……

洛倫看得樂不可支，一抬頭發現千旭已經坐在對面，正含笑靜靜地看著她。

洛倫忙關上星網，「來了怎麼不叫我？」

「看妳笑得很開心，不想打擾。」

洛倫點擊桌面，3D影像的功能表出現，「想吃什麼？」

「妳想吃什麼？」

洛倫不好意思地說：「招牌菜。我想看看究竟是我做的好吃，還是廚師做的好吃。」

「恰好也是我愛吃的。」千旭點了冬瓜八寶盅和灌湯小籠包，又要了主廚推薦的花草茶，可以邊喝茶邊等菜。

洛倫端起茶，誠心誠意地敬千旭，「謝謝！」

千旭笑著喝了口茶，「妳說妳有答案了？」

「嗯！十年來，你再沒有問過我，我還以為你忘記了，沒想到今天一提，你就知道我在說什麼。」

「妳一直在努力找答案，我怎麼會忘記？」

是啊！十年來她一天都不敢浪費，就是因為她想尋找到她的未來。

十年前，她打算學到可以安身立命的本事後，就像真的洛倫公主一樣遠走高飛，永遠離開奧丁。可是，十年後，已經擁有安身立命本事的她，明明有很多機會可以悄悄逃走，卻因為溫暖的千旭、友善的封林、勤奮聰慧的同事……放棄了最初的打算。

洛倫雙手放在膝上，坐得筆挺，「用了十年的時間，我現在終於可以回答你當初的問題了。」

千旭問：「妳喜歡阿麗卡塔嗎？」

洛倫毫不遲疑地說：「喜歡！」十年時間，太多美好的回憶，讓她對這個星球從陌生到深愛。

千旭安靜了一會兒，繼續問：「那妳願意在這裡定居嗎？」

「我願意！」浩瀚星海中，她終於找到了自己心所悅處。洛倫的脣角慢慢彎起，笑意在她臉上綻放，就像是一朵花迎著春風盛開。

千旭謹慎地說：「在做研究時，必須要有充足的觀察樣本才能得出結論。不需要再去別的星球看看嗎？」

洛倫仰起頭，看向天空中閃爍的繁星，「別的星球也許會更美麗，但是沒有你們。」她歪著頭，笑看著千旭，指指自己的心口，「我的心告訴我它想留在這裡，繼續做喜歡的事，繼續和喜歡的人在一起。」

「身為科學家，妳應該明白人類的心臟沒有思想。」

「但是有感情，而且是很忠貞的感情！否則為什麼異體器官移植會有排斥反應呢？」

千旭很無奈，「妳的女神上司知道妳這麼擅長胡說八道嗎？」

「哦——她很欣賞我這點呢！」洛倫洋洋得意，「對科學家而言，想像力非常重要。」

千旭搖頭而笑，舉起茶杯，鄭重地說：「歡迎妳到阿麗卡塔定居。」

洛倫和他碰了一下杯，「謝謝！」

＊ ＊ ＊

兩人吃完飯，去停車場取車。

洛倫一邊把停車卡插進伺服器，一邊點評說：「價格是很貴，不過，真人領座、真人上菜、服務很貼心，味道也名不虛傳，貴得有道理。」

伺服器確認他們的身分後，隨著傳輸帶，千旭的飛車和洛倫的飛車同時出現在車道上。

千旭說：「把妳的地址傳給我，我護送妳回去。」

「不用、不用！我自己回去就好了，現在挺晚的，送來送去多麻煩呀！」

洛倫十分心虛，幸好千旭沒有堅持。

他陪洛倫走到她的車旁，「自動駕駛並不是百分百安全，妳有空的時候學一下手動駕駛。」

洛倫站在打開的車門邊，笑著回過頭正要說話，突然，千旭一手摟住洛倫的腰，一手護住洛倫的頭，向前撲去。

兩個人一上一下、疊在一起倒在車座上，身體貼著身體，臉頰貼著臉頰。洛倫瞪大眼睛，滿臉困惑，「你……」

一枚子彈貼著千旭的頭頂飛過，射到車廂上。

洛倫回過神來，立即大叫：「起飛！」

智腦收到主人命令，車門唰一下自動關閉，剩下的子彈被擋在外面，打得飛車砰砰作響。

飛車搖搖晃晃地剛剛升空，一輛黑色的飛車橫衝直撞地飛過來；智腦的設定總是安全第一，立即發出指令閃避，飛車馬上往下落，黑色的飛車卻毫不減速地繼續撞向洛倫的飛車。

「坐穩！」

千旭翻身坐起，開啟人工駕駛，手動操控飛車，急速上升。飛車側身翻立，和黑色飛車擦身而過，升上天空。

千旭瞟了眼洛倫，看她已經扣好安全帶，「超速駕駛過嗎？」

「沒有。」

千旭笑，「恭喜妳，有第一次了！」

千旭把四個引擎全部打開，速度一下子提升到極致，飛車像一道光一般向前飛馳，可是，黑色飛車是經過改裝的車，各種性能堪比軍用飛車，一直緊緊地咬在洛倫的飛車後面，不停地擠壓、撞擊洛倫的車。

一時間，險象環生，似乎隨時都會車毀人亡。

不知道是太緊張，還是太顛簸，洛倫胃部痙攣，覺得馬上就要嘔吐。

千旭瞅了一眼洛倫，「我第一次參加星際戰艦的戰鬥時，也是這樣。」

「什麼？你不是研究戰術的文職人員嗎？怎麼會參加星際戰鬥？」洛倫太過吃驚，忘記了想要嘔吐。

「即使在奧丁聯邦，也不可能隨意浪費A級體能的軍人去做文職。我曾經是星際戰艦上的特種戰鬥兵，生病後才轉成文職。」

洛倫立即相信了，因為他把飛車開得像是一艘戰鬥機。槍林彈雨中，風馳電掣、左閃右避，還能從容淡定地陪她聊天，就好像他們現在只是開著飛車在兜風，壓根沒有危在旦夕。

「你害怕的時候，怎麼克服的？」

「被老兵惡狠狠羞辱取笑了一通，害怕丟臉不得不硬撐著，後來……」飛車猛地翻起側飛，洛倫從下往上，看著他的側臉：弧度優美的鼻梁和下頜，堅毅得如同亙古佇立的山巒，「看到取笑我們的老兵被炸飛時，只有悲傷和憤怒。」

飛車翻了回去，千旭的臉色發白，握著方向盤的手在輕顫。他從口袋裡摸出一個小型注射器。

刺耳的警笛聲響起，一輛警車飛馳而來。

洛倫鬆了口氣，「總是姍姍來遲，不過，比不出現好。」

「違規駕駛，請立即停車接受檢查！」警車的車身兩側升起兩個炮筒，瞄準洛倫的飛車。

千旭盯著警車看了一眼，「假警察！那是PK320，阿麗卡塔現在的警車裝備應該是PK420。」

「什麼！」洛倫大驚失色。

黑色飛車在後，假警車在前，他們被堵在中間，已經無路可逃。

「怎麼辦？」

「將計就計。」千旭對洛倫笑了笑，很淡定，洛倫也鎮定下來。

千旭按照警車的指示，把飛車停在一片空曠的坡地上。

洛倫彎身在車裡東翻西找，希望找到一個趁手的武器，千旭把一把槍放到洛倫手裡，「我已經通知封林和安娜，他們會盡快趕到。待會兒不管發生什麼事，躲在車裡不要出來。」

「你呢？」

「不管是誰威脅到妳的生命，立即開槍！記住！不管是誰！不要猶豫！」千旭的眼神幽暗又明亮，冷漠又炙熱，就像是本該吞噬一切的黑洞裡卻射出了恒星的光，透著詭異。

洛倫這才注意到他的臉色異樣慘白，手指也有些異樣，指甲似乎正在變尖銳。她悚然一驚，正想細看，千旭已經抽開手，推開車門下了車。

車門迅速關閉、鎖定。

洛倫拍著車窗叫：「千旭！千旭……」

✷ ✷ ✷

兩個假警察下車，裝模作樣地出示了一下證件，拿槍對準千旭，命令他蹲下，把手背在背後。千旭配合地照做。

看到假警察已經完全控制住千旭，黑色飛車裡的兩個彪形大漢才這放鬆警戒，走了出來。他們背對著千旭，站在洛倫和千旭中間，一個掏出槍對準洛倫，示意她老實一點；一個拿出破解門鎖的儀器，想要強行打開車門。

一個假警察露出得意的笑容，扣動扳機，開槍射殺千旭。

千旭快若閃電，突然回身，抓住假警察的手腕，一連串子彈全部射中了正在破解門鎖、想要強行打開車門的男人。

另一個假警察想開槍，可是千旭借助假警察掩護住自己，讓他根本無法開槍。

拿槍指著洛倫的大漢轉身，朝千旭射擊，同時間，被千旭抓著一隻手腕的假警察用另一隻手拔出匕首，狠狠刺向千旭的後頸。

電光火石間，千旭放開他的手腕，一隻手向前猛刺，就像鋒利的劍一樣插進假警察的胸膛，然後順勢一轉，把假警察的身體擋在自己面前，將本來射向他的子彈全部射在假警察身上。另一隻手則空手入白刃，直接抓住匕首，隨意一甩，匕首飛向另一個假警察，將他手中的槍擊落。

子彈越發密集，千旭沒有拔出手，就讓假警察的身體掛在他的手上，像舉一面盾牌般舉著假警察的身體，徑直走向開槍射擊的大漢。

因為警察制服有防彈功能，假警察身體亂顫，卻沒有立即死亡。他看著自己的胸膛，驚恐地尖叫，開槍射擊的男人也一邊恐懼地嘶吼，一邊瘋狂地掃射。

千旭逼到開槍射擊的男人面前，他的槍口被假警察的身體堵住，可他依舊嘶吼著瘋狂射擊，直到能量耗盡。

千旭揮手劃過，一字割喉，鮮血像噴泉一般噴射而出，男人的身體向後倒下。

千旭看向另一個假警察。

他拿著剛剛撿起來的槍，雙腿不停地打哆嗦，和千旭妖異的眼睛一對視，「啊」一聲尖叫，扔掉槍，拚命地往警車跑，想要逃走。

千旭嫌棄地蹙蹙眉，把手上已經死掉的假警察的屍體扔出去。

屍體砸在逃跑的假警察身上，把他砸倒在地。

假警察從屍體下掙扎著鑽出來，想要拉開車門。

千旭一個閃身，動作快若閃電，坐在了車頂。

他一腿彎曲踩在車頂上，一腿悠閒地垂在打開的車門前，正好擋住假警察。

假警察滿臉驚恐，嘶啞地叫：「你、你……不是人！」

千旭歪了歪頭，好像在思考這句話，卻沒有思考出結果。他彎下身，捏住假警察的脖子。

假警察驚駭地哀求：「求、求你……」

「咔嚓」一聲，假警察的頭軟軟地耷拉下來。

千旭隨手把屍體扔掉，俐落地跳下車，幾步就到了洛倫的飛車面前。

他彎下身子，隔著車窗，冷酷地盯著洛倫，就像是一隻正在研究如何撕碎獵物的野獸。

洛倫眼中淚花滾滾，震驚地看著他。

猩紅的眼睛、尖銳的獠牙、鋒利的爪子、鱗甲化的皮膚……

還有，強大的力量、靈敏的聽力、迅疾的速度、不受阻礙的夜視能力……

洛倫不知道眼前半獸化的人究竟還是不是千旭，試探地叫：「千旭！」

千旭慢慢地直起身子。

「千旭！」洛倫驚喜，以為他還有幾分清醒。

「砰」一聲，千旭的手重重拍在車窗上。

洛倫驚駭，下意識地握緊手中的槍，呆呆地看著玻璃窗上的手——

手指纖長有力，指甲鋒利如刀，因為剛剛殺過人，兩隻手都鮮血淋漓，像是從地獄裡探出的惡魔之爪。

「砰！」

「砰！」

……

一聲又一聲，防彈玻璃窗上出現第一條裂紋。千旭越發用力地拍打，玻璃窗上的裂紋就像是湖面上的漣漪一般越來越多，洛倫已經聽到劈嚓劈嚓的碎裂聲。

她盯著完全陌生的千旭，耳畔響起他說過的話：「不管是誰威脅到妳的生命，立即開槍！記住！不管是誰！不要猶豫！」

可是，手裡的槍根本沒辦法舉起來。

這是千旭啊！她最無助時，無條件給予她幫助的人；她最孤單時，一直陪伴著她的人；她最危險時，救了她一命的人……

不可能！這是千旭的身體，千旭一定還在！

她不能殺死千旭！

她邊哭邊叫：「千旭、千旭……」

「砰」一聲，玻璃窗碎裂了。

千旭猩紅的眼睛內滿是冷酷，抬起利爪刺向她。

洛倫滿臉是淚，恐懼地往後縮，卻依舊不肯開槍。

突然，千旭的動作變得緩慢，就像是力量正在他體內迅速流失。猩紅的雙眼以肉眼可見的速度變成黑色，眼睛內的嗜血冷酷變成了痛苦掙扎，已經刺到洛倫心口的手劇烈地抖動著。

洛倫大喊：「千旭！」

他猛地閉上眼睛，昏厥過去。

洛倫愣了愣，遲疑著伸手，想要碰一下千旭，辰砂突然出現，一把就將千旭扔到飛車外。

緊接著，封林和安娜也趕了過來，封林急切地問：「洛倫，有沒有受傷？」

洛倫擦去眼淚，搖了搖頭，「我沒事。」

辰砂探身去攙扶洛倫，想帶她離開。

洛倫推開他的手，自己下了車，擔憂地看著地上昏迷的千旭，「他……不會有事，對吧？」

正在查看千旭的安娜表情凝重、沒有吭聲。

「這一次應該沒有事。」封林從車廂裡撿起一個拋棄型注射器，沮喪地說：「他察覺到自己不對時，提前注射了我們研發的藥劑，但是沒有任何作用，依舊發生了異變。」

洛倫鬆了口氣，急切地問：「千旭究竟是什麼病？體貌特徵只是部分異變，但神智喪失，血腥好殺。」突發性異變會毫無徵兆地徹底獸化，喪失神智，變得充滿攻擊性；自然性異變會部分體貌特徵獸化，但不會喪失神智，千旭卻兩種都不符合。

「他的病很罕見，當然，不罕見也進不了研究院。我暫時把它叫做『假性突發性異變的自然性異變』。」

「什麼？」洛倫也算很瞭解各種異變，卻從沒有聽過這種病。

「患者有可能短暫地進入突發性異變的狀態。當初安教授把千旭介紹給我，我覺得他情況特殊，應該對我們研究突發性異變有幫助，就留下了他。」封林低頭看著已經空了的注射器，失落地說：「這是研究完妳的基因後最新研製的藥劑。這麼多年來，研究院既沒幫到他，也沒取得任何研究進展。」

醫療救護機器人把千旭搬運到救護車上，安娜護送千旭趕回研究院。

「我先走一步，你送洛倫回去。」封林和辰砂打了聲招呼，就想尾隨救護車離開。

洛倫急忙說：「我和妳一起回研究院。」

封林勸道：「妳回去休息吧！千旭的病，妳目前也幫不上忙。」

「我還有話和千旭說，必須等他醒來。」洛倫很堅持。

辰砂拍板做了決定：「我送妳們去研究院。」

＊　＊　＊

飛車內，洛倫怔怔發呆。

十年來，她曾經無數次想問千旭究竟得的是什麼病，但她一直沒有問，總覺得自己還沒有能力幫到他，希望等自己變得更強一些時再問。她從來沒想到，千旭的病會就這樣猝不及防地展露在她面前。

封林看看洛倫，又看看辰砂，心中無聲的歎息。

洛倫突然想起什麼，「那個唯一恢復神智的突發性異變的病例是誰？我能參與這個病例的研究嗎？」

封林沒有吭聲。

洛倫覺得古怪，試探地問：「病人的身分很特殊？」

按道理說，這麼重要的病例，各方面的研究應該很深入，可每次提到這個病例都語焉不詳，甚至完全沒有病人的個人資料，大家只是知道有一位恢復神智、變回人的病例。

封林沉默半晌，最後神情肅穆，「是聯邦的第一任執政官游北晨。」

洛倫恍然大悟，竟然是那位締造了奧丁聯邦的傳奇人物！外界只知道游北晨不滿三百歲就病逝，以為他是積勞成疾，沒想到竟然是因為突發性異變，這要是傳出去，絕對會在整個星際引起軒然大波，難怪奧丁要嚴守祕密。

封林說：「因為和執政官有關，研究一直是專人執行，現在是安教授負責，就連我也只能查看研究結果，不能直接參與研究。如果妳想轉到安教授的研究室，我可以幫妳提交申請，但是……」

「不用了。」

洛倫完全不想接觸這麼機密的事，那可是聯邦歷史上最驚才絕豔人物的基因。上一次因為兩顆蘋果，她差點被阿爾帝國處死，已經深刻地領悟到，為了生命安全，遠離珍稀基因！

但那畢竟是唯一一個從突發性異變中恢復神智的病例，雖然他後來依舊死於突發性異變，可肯定對千旭的病有參考價值。

洛倫咬了咬牙，問：「我能查閱安教授的研究資料嗎？」

「都在內部資料網上，我會幫妳申請許可權。如果有特殊的研究需要，還可以直接聯繫安教授，請求他的幫助。」

洛倫放心了，看來那幫老教授早就設計好一套流程，既能讓大家做研究，又不至於帶來危險。

千旭睜開眼睛時，看到洛倫半趴在他的病床旁瀏覽醫學資料，一手支著頭，一手拿著電子筆做記錄。微捲的長髮胡亂束在腦後，有一縷還毛茸茸地翹著，白皙的肌膚上有幾道紅痕，透著狼狽，可神情專注，流露出一種認真的美麗。

千旭正盯著她臉頰上的擦傷，洛倫像是察覺到什麼，立即抬起了頭，展顏而笑，「你醒了？」

「嗯。妳怎麼在這裡？」

「我要把這個還給你啊！」洛倫把之前他交給她的槍放在他手上。

千旭握著槍，目光幽深，「為什麼不開槍？」

「你……記得發生了什麼？」

「像是做了一場夢，似乎不是發生在自己身上的事，但我知道自己敲碎車窗，想要殺了妳。」

千旭盯著洛倫，「為什麼不開槍？」

洛倫火了，「你明知自己可以恢復神智，還叫我開槍？如果我聽了你的話，不就變成殺死好朋友的殺人犯了嗎？」

「等不到我恢復神智，妳就被我殺了。」

「哦！所以你為了不當殺人犯，就讓我做殺人犯！」

千旭一愣，緊緊地閉上嘴巴，眼睛內滿是痛楚。

洛倫立即服軟，「我們別為沒有發生的事情吵架了，反正結果是你沒殺死我，我也沒殺死你，一切正常。」

「妳真覺得一切正常？妳還有勇氣和我單獨出去嗎？」

「有！為什麼沒有？」

千旭盯著她，「就算我這一次能恢復神智，不代表我下一次能恢復！」

「我不怕！」洛倫揚起下巴，「你要不相信，我們明天就單獨出去玩一天。」

「可是，我害怕！」千旭移開視線，苦澀地說：「我不想殺死妳，也不想被妳殺死，最好的選擇就是大家少接觸。」

洛倫不敢相信地看著他，「你認真的？」

「沒有人會拿自己的生命開玩笑。」

「少接觸？我看不接觸才最安全！不如我們以後再也別見面了！」洛倫完全是氣惱中的口不擇言，還有點女人愚蠢的小性子，指望著傷人傷己的狠話能刺激到千旭，讓他收回自己的話。可是，男人是另一種思維體系的動物。

只見千旭愣了愣，竟然附和地說：「這樣當然更好。」

洛倫簡直快被氣瘋了，色厲內荏地質問：「千旭，我最後問你一遍，你是要和我絕交嗎？」

千旭沉默著沒有回答。

洛倫冷冷地看著他，看似滿臉倔強、無所謂，可只有她自己知道心有多慌，又有多難受。

門鈴聲突然響起，打破兩人的僵持。

洛倫回身，還沒有開口，門就打開了，棕離和紫宴一前一後走進病房。

洛倫問：「你們來做什麼？」

紫宴站在她身邊，笑眯眯地說：「工作。」

棕離徑直走到病床前，向千旭出示證件，「我是聯邦治安部部長棕離，有四個人死在聯邦境內，需要你配合調查。」

千旭坐起來，「好的。」

棕離是警察頭子，出現了假警察，當然要來調查一下，可是……洛倫突然反應過來，急切地抓住紫宴的手，壓低聲音說：「幫我一個忙……」

棕離冷冰冰的聲音響起，打斷了她還沒有說完的話，「指揮官夫人，請妳迴避一下，我需要單獨詢問千旭。」

洛倫的手猛地一緊，整個人石化了，呆呆地站著，大腦一片空白。她從沒指望能瞞千旭一輩子，甚至考慮過什麼時候向他坦白，但是，無論怎麼思考，她都從沒想過會在這種情形下被千旭發現她一直在欺騙他。

「指揮官夫人？」千旭的聲音飄忽無力，好像從很遙遠的地方傳來。

也許他希望洛倫說一句「認錯人了」，可是洛倫竟然連看他一眼的勇氣都沒有。

棕離不悅地提高聲音，「指揮官夫人！公主殿下！聽到我說什麼了嗎？請出去！」

洛倫知道自己應該出去，但身體不受控制地輕顫。如果不是一隻手還緊緊地抓著紫宴的手臂，只怕她連站都站不穩。

紫宴對棕離說：「我送公主出去。」

他虛攬著她的肩，把她帶出病房。

紫宴說：「去休息室坐一會兒。」

洛倫猛地打開他的手，含淚瞪著他，「你為什麼要這麼做？別告訴我你什麼都不知道，只是不小心撞上了！」

紫宴面無表情地沉默著。

「這十年來，我不相信你沒有盯著我。明明知道千旭認識的我一直是駱尋，為什麼任由棕離說出我的身分？」洛倫漸漸反應過來，「你很瞭解棕離的行事風格，在走進病房前，就知道了結果，你是故意的！不是棕離，是你！是你要在千旭面前拆穿我的身分！棕離被你當槍使了！」

紫宴的唇邊浮起譏嘲的笑，「看來這十年不只是我在觀察妳，妳也在觀察我，很瞭解我嘛！」

「為什麼？」洛倫眼中滿是怨恨。

紫宴拆穿她的謊言，她能接受，可是無法接受他選擇的時機。在她和千旭吵架，質問千旭是不是要和她絕交時，紫宴雪上加霜，擺明了要逼千旭對她誤會加深、斷絕關係。她剛才竟然還傻呼呼的與虎謀皮，求他幫忙。

紫宴笑著挑挑眉，滿臉無辜地攤手，「為什麼？說出一個事實，需要為什麼嗎？」

「你混蛋！」

洛倫悲怒交加，像孩子打架一樣，用盡全身力氣狠狠地推搡紫宴，可是兩人體能相差太大，她沒有推動紫宴，反倒被反彈得踉蹌後退，跌坐在地上。

她心中滿是悲傷，眼淚潸然而下。

紫宴眼神複雜，面上卻依舊笑嘻嘻，「喂！有必要反應這麼激烈嗎？我只是戳破肥皂泡而已。」

「我只有肥皂泡！」洛倫擦掉眼淚，站起來轉身就跑。

「洛……」紫宴下意識要追，又立即停下，靜靜看著她的背影漸漸遠去。

✶ ✶ ✶

洛倫衝出研究院的大樓，撞到一個人身上，抬頭一看是辰砂。

她沒有道歉，反而質問：「你做什麼？」

以辰砂的體能，就算她百米衝刺著跑過來，他也能輕鬆閃避，眼睜睜地看著她撞上去是什麼意思？

「發生了什麼事？」辰砂不答反問。

他冰雪般清冷的聲音像一盆冷水，澆滅了洛倫心頭的無名之火。她今天晚上已經做了太多的蠢事，不要再得罪自己真正的老闆了。

「千旭知道我是洛倫公主，指揮官辰砂公爵的夫人了。」

「他有什麼反應？」

洛倫苦澀地說：「在不知道我的真實身分前，他就想和我絕交了。」

辰砂沉默了一會兒，突然問：「當時為什麼不開槍？如果不是他及時恢復神智，妳會被他活活撕碎！」

「我現在不是好端端地站在這裡嗎？」

「妳在用命去賭。」

「他是千旭，值得用命去賭。」

辰砂冷冷說：「他不是千旭！當異變發生時，他就不再是妳認識的那個人，只是一隻會吃人的野獸。妳的不忍只是給了牠機會去傷害妳，也傷害那個真正關心妳的人。」

洛倫忍不住質問：「如果有一天你異變了，我也要立即殺死你嗎？」

「如果我異變了，我要妳立即殺死那隻野獸。」辰砂指著自己的腦袋，表情異樣的堅定肅殺，「我已經被那隻野獸殺死了，妳殺死牠，只是為我復仇。」

洛倫半張著嘴，呆呆地看著辰砂；竟然有人思慮周詳地找來充足的理由去說服別人殺死自己。

她喃喃地說：「有一例恢復神智的病例。」

「將近七千人中，只有一個，〇・〇〇〇一四%的機率，而且，他在第二次異變時徹底失去了神智。我從來不相信神蹟會降臨在我身上。」

洛倫突然覺得好疲倦，只想倒頭就睡，「我想回去了。」

辰砂透過個人終端機，給飛車指令，不一會兒，飛車就飛了過來，停在辰砂和洛倫面前。

＊　＊　＊

洛倫頭挨著車廂，凝望著窗外的沉沉夜色。

星際列車的軌道像一條條閃亮的巨龍盤繞在半空，千家萬戶的燈火像天上的星辰在暗夜中閃爍。

不知道哪盞燈照亮著千旭，也不知道千旭今夜是否可以平靜地關燈睡覺。

十年了，她在千旭的陪伴下，逐漸愛上這顆星球；當她決定留下時，卻要失去他了。

流沙之上，果然什麼都無法存在。

洛倫心如刀絞，難受地閉上眼睛。

＊　＊　＊

飛車停在家門外，洛倫歪靠在座位上，沉沉地睡著。

辰砂靜靜地凝視著她，腦海中浮現之前看到的畫面——

千旭狠狠地砸車窗，洛倫哭泣著喊叫。

漸漸地，洛倫的臉變成了另一個女人哭泣喊叫的臉。

「跑！用力跑！不要回頭！」她用自己的身體做阻擋，把一個小男孩用力推出飛車，迅速地鎖定了所有車門。

小男孩聽話地用力向前跑，但是，他沒有聽話地回了頭。

被鎖定的飛車內，女人被凶殘的野獸撲倒，猩紅的血肉飛濺到車窗上。

她的臉緊緊地貼在玻璃窗上，被擠壓得扭曲變形，嘴唇無力地翕動：「跑！快跑……」

隔著密閉的車窗，小男孩根本聽不到她微弱的聲音。

可是，她眼神裡的悲痛、絕望、哀求、希冀比最大的聲音還響亮，小男孩一邊哭，一邊繼續用力往前跑。

身後傳來震耳欲聾的爆炸聲，他停住腳步，回過身，滿臉是淚地呆看著。

飛車已經變成了黑黢黢的一團，只有沖天火焰在熊熊燃燒。

辰砂突然抬頭，看到紫宴和棕離站在車外，一個似笑非笑，一個面色陰沉，但眼睛裡都露出了掩飾不住的驚訝。

車門輕輕打開，辰砂悄無聲息地離開了飛車。

「我們都走到車邊，你才察覺，想什麼呢？難道突然發現自己的老婆是美女了？」紫宴半開玩笑地說。

棕離盯著車內的洛倫，滿臉不悅，「我還有問題要問她！不叫醒她，我怎麼問話？」

辰砂沒理會棕離的質疑，「我派去暗中保護洛倫的兩個保鏢全被殺了，個人終端機也被破壞，沒有留下任何線索。不過，洛倫飛車上的記錄儀還完好，看過了嗎？」

紫宴說：「看過了！他們的計畫很縝密，如果不是那個男人機警地判斷出警車是假的，又突然異變，只怕他們就成功了。手法很像前幾天刺殺執政官的事件，一環套一環。」

棕離補充：「查過四個人的身分，應該是職業殺手，他們冒充在能源星工作的礦工來阿麗卡塔度假。警車和警察制服是在星網的黑市購買的，付款帳戶不在聯邦境內，用完後立即註銷，無法追查。我查看過千旭的檔案，他的經歷很乾淨，從軍校畢業後進入軍隊服役，沒有執行過祕密任務，而且已經轉做文職十幾年了，不像是針對他。結合上次的事件，可以判斷，應該是針對公主的行動。」

辰砂冷冷問：「就這些？沒有線索？」

紫宴和棕離沉默。

「有個假警察說話了。」帶著鼻音的疲倦聲音突然響起。

三個男人都看向洛倫。

「我覺得……他好像有一點奇怪的口音。」

棕離目光炯炯，「還有其他異常嗎？」

洛倫仔細想了會兒，搖搖頭。

棕離轉身就走。

紫宴離開時，瞟了眼洛倫，對辰砂說：「公主最近是吸引麻煩體質，在沒有查出是什麼人、為什麼針對她之前，請她不要亂跑，出門多帶幾個保鏢。」

辰砂頷首，表示明白。

Chapter 9

這就是我

一顆藏起來的心不可能真正靠近另一顆心，
就像一雙捂著的眼睛永不可能看清楚另一雙眼睛。

洛倫一直似睡非睡，即使在夢裡，都很焦慮。
千旭肯定認為她是個大騙子了，怎麼辦？
睡了三個多小時後，再睡不著，索性爬起來，鑽進廚房做早飯。
洗洗切切，蒸蒸煮煮……
彌漫的飯菜香氣中，洛倫想起多年前她第一次為千旭做的飯，也想起千旭帶她去冒險家樂園玩時第一次為她做的飯。
不知不覺，很多年過去了，他們一起走過很多地方，為彼此做過很多次飯。
洛倫漸漸想清楚了：既然不願意失去千旭，又是自己錯，那就勇敢面對，努力想辦法挽回。

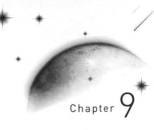

清晨，洛倫帶著自己做的湯和早點，趕去研究院找千旭，卻發現千旭已經離開。

「為什麼這麼早讓千旭離開？」

「數值已經全部正常。」封林調出千旭的身體檢查報告給洛倫看，「他自己強烈要求離開，我沒有任何理由扣留他。」

洛倫快速掃了一遍資料，的確已經沒有問題。

「可是，這麼快回去上班沒問題嗎？」

「當然不行了，他可是一晚殺死四個人！」封林歎氣，「雖然他這種從第一線退下來的軍人肯定不是第一次殺人，應該不會有心理問題，但我還是要求他至少休息一個月，不要離開阿麗卡塔，持續追蹤觀察。」

洛倫撥打千旭的個人終端機，打不通，一條系統自動回覆的訊息出現：「對方關閉通訊，請稍後再聯絡。」

封林問：「怎麼了？」

洛倫勉強地笑笑，「沒人接，大概還在睡覺。」

封林看出她心情不好，安慰道：「昨天他離開時已經是下半夜，睡得晚一點很正常。」

洛倫覺得有道理，決定晚點再聯絡千旭，只是，帶來的早點……

她打開餐盒，把湯和點心放到封林面前，「一起吃早飯嗎？」

＊　＊　＊

辦公室裡，洛倫坐立不安，不停地看時間。
兩個小時後，她試探地傳了一則文字訊息：「起來了嗎？我想和你談談。」
遲遲沒有回覆，洛倫安慰自己他應該仍在睡覺，還沒有看到。
又等了一個小時，她再也忍不住，撥打千旭的個人終端機。
接通了，可是，響幾下後就被掛斷。
一則系統自動回覆的訊息出現：「對方拒絕通話，請稍後聯絡。」
這麼多年來，洛倫聯絡過千旭無數次，第一次出現「拒絕通話」的情況。她盯著短短的訊息來回看了幾遍，難過地想哭。千旭已經連話都不想和她說了嗎？

山不就我，我去就山！
洛倫打起精神發訊息給封林：「能給我千旭的宿舍地址嗎？」
「妳還沒有聯絡上他？」封林警覺性很高，「這可不是好現象，也許需要心理醫生介入。」
「只是我和他之間的問題。昨晚他從棕離嘴裡知道了我的真實身分。」
「有必要為這個生氣嗎？妳瞞著的人又不是只有他一個。該解釋的解釋清楚，他接受不接受，都不用太介意。」
洛倫沒辦法對封林解釋千旭和別人不一樣，只好什麼都不回覆。
洛倫坐擺渡飛車，抵達基地的宿舍區。
根據基地的政策，在基地工作的軍人可以去基地外購置房產，也可以用十分便宜的價格租住基地的單身宿舍。

大部分的單身軍人都會貪圖便宜方便住宿舍，千旭是孤兒，沒有家人，自然也一直住在宿舍。

之前，洛倫心裡有鬼，不敢透露自己的住址，也就一直不敢詢問千旭住在哪裡，自我欺騙「我不拜訪你家，你也不拜訪我家，非常合理」。

洛倫站在宿舍大樓外，核對了一遍封林傳給她的地址：「E-7-203。」

確認無誤後，她走進宿舍大樓。

洛倫按了一下門鈴，一個身子圓滾滾，眼睛也圓滾滾的機器人出現在大門的螢幕上。它憨態可掬地說：「客人，您好！主人不在家，請稍後拜訪，或直接和主人聯絡。」

「你的主人在哪裡？」

「機密。」

「我可以進屋等他嗎？我是他的好朋友。」

「不行。」

洛倫覺得自己也傻了，竟然想和一板一眼、遵守指令的機器人攀交情。

她盤腿坐在地上，決定等千旭回來。

機器人懵了，圓滾滾的大眼睛快速地轉動，在自己的智腦裡搜了一圈都沒有這樣的情形，無法運算出解決方案應該是什麼，只得再次重複：「請稍後拜訪，或直接和主人聯絡。」

洛倫頭也沒回地問：「你的主人有規定不能讓人坐在門口嗎？」

「沒有。」

「那你就別管了。」

機器人圓滾滾的眼睛繼續快速轉動，身體都要發熱時，終於有了解決方案。

它發訊息給主人：「有一個女人賴在門口不走，要報警抓她嗎？」

隨訊息發出去的還有一張洛倫的背影照。

千旭回覆：「不用。等她走了，告訴我。」

一個小時後，千旭發訊息問機器人：「走了嗎？」

「沒有。」

機器人發送一段影音檔給他——

洛倫盤腿坐在地上，面對門上的螢幕，一副想促膝長談的樣子。

「看你的型號很老，跟著主人很多年了吧！他交往過幾個女朋友？」

「保密。」

「難道是交男朋友？」

「保密。」

「什麼話題能聊？聊你是不是應該減肥了嗎？」

機器人圓滾滾的眼睛變成蚊香眼，處理器發出嗡嗡的聲音。

機器人問千旭：「她刺探主人和我的隱私，要報警抓她嗎？」

千旭回覆：「不。」

三個小時後，機器人主動發送一段視訊給千旭——

機器人問：「妳什麼時候離開？」

洛倫無精打采地捂著肚子，「告訴你的主人，我還沒有吃中飯，肚子很餓，希望他不要讓我晚飯也吃不到。」

「妳可以離開去吃飯。」

「告訴你的主人，不見到他，我不會離開。」

千旭啞然。洛倫早猜到機器人會聯絡他，卻仍舊等了四個小時，只是想清楚表明，她不會放棄，必須見到他。

千旭下指令給機器人：「讓她進屋，保鮮櫃裡有營養餐。我三個小時後回去。」

門緩緩打開，洛倫興奮地一躍而起，看來千旭終於同意見她了。

圓滾滾的機器人抬起手，「請進，機器人大熊為您服務。」

「千旭還給你取名字？」洛倫看看只到她腰部的機器人，覺得大熊這名字實在太名不副實。

「主人說三個小時後回來。」

「三個小時？」乘坐星際列車都可以繞阿麗卡塔星一圈了，千旭究竟跑到哪裡去散心？

「請挑選。」大熊打開保鮮櫃。

洛倫貪圖方便，拿了罐營養劑。

她打量四周，突然很好奇千旭居住生活的地方，「可以帶我參觀一下屋子嗎？」

大熊的圓眼睛轉了幾圈，「可以。」

洛倫一邊喝營養劑，一邊跟著大熊一個個房間看。

剛才在外面等時，她閒來無事，登錄基地的內部網查詢了一下單身宿舍的資料。

單身宿舍都是標準結構：客廳、飯廳、廚房、臥室、浴室、廁所、健身室。還以低廉的費用提供家具和基本生活用品，隨時可以拎包入住。

不過，因為現在願意結婚的人越來越少，很多人一輩子都單身，很有可能在單身宿舍裡一直住到退休，而基地的薪資待遇又不低，所以大家不會省那個錢，都會按照自己的喜好，把宿舍重新裝修一番，畢竟那是自己辛勞一天後休息放鬆的家。

千旭的客廳、飯廳和廚房完全就是資料圖上樣品屋內部的樣子，洛倫雖然覺得有點怪，但沒有多想。

可是，來到臥室、健身室，洛倫發現竟然也是樣品屋內部的樣子，只有床、桌、椅幾件傢俱，四周除了最基本的生活必需品，再沒有任何多餘的物件。

整個房間乾淨、整潔、冷清、空曠，沒有一絲人氣。似乎住在這個房間裡的男人只是活著，為了活著而活著，再沒有一絲多餘的欲望。

洛倫的眼睛漸漸潮濕了。

據她所知，這是千旭唯一的住處，也就是他唯一的家，可是，沒有人的家會是這個樣子。

因為沒有記憶，身分是假的，洛倫內心一直沒有安定感，從來沒有、也從來不敢把那個已經住了十年的屋子當做自己的家。

總覺得自己鳩占鵲巢，是借住別人的屋子，隨時都有可能被趕出去，她沒有資格、也沒有意願去改造裝飾它，那個屋子一直以她住進去時的樣子存在著。

原來，沒有家的人不只是她；原來這麼多年，任她取暖的男人比她的內心更荒蕪蒼涼！

千旭並不是真的如同太陽一般光芒普照，他只是因為懂得，所以慈悲；因為感同身受，所以推己及人、溫柔相待。

洛倫站在健身室的門口，目光從各種健身器材上掃過，想像著千旭每天下班後，在這裡鍛鍊的畫面。

突然，她看到角落地板上擺著一個巴掌大小的黑匣子。洛倫覺得莫名的熟悉，立即走進去。

她拿起黑匣子，看到匣子的底下鑲嵌著一朵藍色的花。

應該是用特殊工藝把真花做成標本後，鑲嵌到匣子上變成了裝飾。

洛倫覺得藍花很眼熟，可又想不起在哪裡見過。她打開個人終端機，掃描花的圖像，在星網的資料庫裡搜索。

幾秒鐘後，一段文字介紹出現：「迷思花，阿麗卡塔星的特有物種，花有兩種顏色，藍色和紅色。藍色花型小，紅色花型大，同一株花每年的開花顏色不一定，有可能今年是藍色，明年是紅色，引人猜測，所以被叫做迷思。」

洛倫一下子想起來了，她在依拉爾山脈見過這種花。千旭帶她去冒險家樂園玩時，她還隨手從路邊摘了一朵不起眼的藍色小花送給千旭。

雖然沒有任何證據證明這是她送他的那朵花，可是洛倫的直覺告訴她這就是那朵花。

洛倫的心突然跳得很快。

她輕輕地摩挲著陳舊的黑匣子，自然而然，就好像曾經做過無數次一樣。她在一個隱藏的按鈕上按了一下，悠揚悅耳的歌聲在房間裡響起。

風從哪裡來
吹啊吹
吹落了花兒，吹散了等待
滄海都化作了青苔
……

很老很老的歌，老得只存在於古老傳說中的歌。

洛倫坐在地板上，靜靜地聽著。

無數個孤單的夜晚，千旭應該就在這裡，一邊聽歌，一邊鍛鍊。

當她茫然地問自己前方是什麼時，千旭是否早已放棄了疑問？

她知道，千旭是孤兒，長大後進入軍隊。因為表現優異，成為星際戰艦的特種戰鬥兵。後來生了病，不得不提前結束服役，轉到基地從事星艦戰術研究的文職工作。

也許，一個人的人生軌跡可以用兩三句話說清楚，但是，一個人的經歷和情感絕不是幾句話就能說清楚的。

千旭究竟經歷過什麼，讓他的內心這麼蒼涼荒蕪？甚至一點希望都不給自己！

洛倫不知道。

可是，有些事情靠推測，她應該知道的。

千旭是孤兒，沒有家人，不管多痛苦時，都不會有親人給予他關心和支持。

曾經，他是聯邦最優秀的戰士，卻因病被迫中斷，就像蒼鷹被斬斷翅膀，無法再翱翔藍天。他肯定也痛苦茫然過，不知道前路在何方。

困守斗室，遙望星辰。

時間一天天過去，治癒的希望一點點變少，也許有一天異變後，再也無法清醒。

當她把千旭視為溫暖和依靠時，卻從來沒想過他是否也需要溫暖和依靠。

她以為對等的友情根本沒有她以為的那麼對等，甚至可以說只是她單方面的索取。

她碰到問題時，他答疑解惑。

她孤單難受時，他陪伴聊天。

她對阿麗卡塔感到陌生恐懼時，他陪她去認識瞭解……

一切都是她需要！

因為心裡守著祕密，她不敢坦白自己的住處，所以不敢詢問他的住處；不敢坦白自己的過去，所以不敢詢問他的過去；不敢坦白自己的現在，所以不敢詢問他的現在……

就這樣，她還自詡交情深厚、非比尋常。

原來，真的像辰砂說的那樣，流沙之上什麼都無法存在。

✷ ✷ ✷

古老悠揚的歌聲中，千旭走進屋子。

正是夕陽西下時，太陽的餘暉從窗戶灑進來。

洛倫倚著牆壁坐在地上，眼睛閉著，臉頰上有未乾的淚痕。薄薄的橙色光暈籠罩著她，讓她像是博物館內古老易碎的美麗油畫。

他心頭悸動，定了定神，才刻意放重腳步走過去。

洛倫睜開眼睛。

風從哪裡來
吹啊吹
吹滅了星光，吹散了未來
山川都化作了無奈
……

四目相對，如泣如訴的歌聲入耳，他竟然不敢直視她，彎下身關掉了播放機。

洛倫輕聲叫：「千旭。」

千旭後退幾步，拉開兩人的距離。

「還在生我的氣嗎？」洛倫問。

「沒有，妳身分特殊，對外隱瞞很正常。」

洛倫苦笑：「我真希望你會說生氣，對外隱瞞是很正常，可對內呢？」

千旭淡淡說：「不要胡思亂想，我完全接受妳的隱瞞。」

洛倫拿起播放音樂的黑匣子，把底部展示給他看，「這朵藍色的花是我送給你的那朵嗎？」

「不是。」千旭沒有絲毫猶豫。

「你撒謊！如果這朵花和那朵花沒有關係，為什麼我一問，你就知道我在說什麼，難道不是應該詫異地問『妳什麼時候送過我花』嗎？」

「我的記憶力一向很好。」千旭依舊否認得乾乾淨淨。

洛倫輕歎口氣，鄭重地問：「我想講一個故事給你聽，你這裡會不會隔牆有耳？」

「什麼故事？」

千旭沒有說不行，顯然不用擔心異種的異能。洛倫拍拍地板，示意他坐。

千旭依舊站著，傳遞出疏離拒絕。

洛倫苦笑，手指在黑匣子上面慢慢滑過，「在我的記憶裡，從沒有見過這東西。我查了一下星網，說它是早就被淘汰的老古董。但是我一看到它，就知道怎麼用，知道它裡面存著很多很多古老的歌。我剛聽了，有的歌我還會唱呢！」

千旭的眼裡閃過迷惑。

洛倫敲敲手裡的黑匣子，笑著吐吐舌頭，「很多事我都不記得了，可時不時又會冒出來點什麼。有時候覺得自己滿慘的，有時候又覺得滿好玩的。這些隱藏技能就像是生命裡埋著的彩蛋，冷不丁地會給我一點驚喜，希望不要哪一天突然發現還埋著炸彈就好。」

千旭聽得一頭霧水，「妳到底在說什麼？」

洛倫抬起頭直視著千旭，「我沒有騙你，我真的是駱尋。」

千旭皺眉。

「我告訴過你，我是從別的星球移民到阿麗卡塔星的，也是真話。我只是沒有告訴你，我是用別人的身分從阿爾帝國移民到阿麗卡塔星的。」

「什麼……意思？」

「我不是真的洛倫公主，是冒名頂替的假公主。我失去了所有記憶，不知道自己是誰，所以我幫自己取名駱尋。」

洛倫冒著生命危險把深藏的祕密說了出來。

她不知道千旭會怎麼反應，但她知道人心只能拿人心去換。她在守著自己的祕密時，已經把自己的心藏起來了。

一顆藏起來的心不可能真正靠近另一顆心，就像一雙捂著的眼睛永不可能看清楚另一雙眼睛。

既然欺騙的流沙什麼都支撐不了，那就把所有的流沙都剷除，至於流沙下到底是讓萬物生長的遼闊大地，還是毀滅一切的萬丈深淵，只能用自己的命去賭了。

「妳說，妳用了別人的身分，妳不是真的……公主？」千旭出乎意料的理智克制，短短一瞬似乎就接受了事實，表情和語氣都很冷靜。

「嗯！」洛倫點頭。

「真的公主呢？她死了嗎？」千旭盯著她，眼神像出鞘的寶劍一般犀利，似乎要刺進她的內心，確認她的話究竟是真是假。

洛倫覺得很陌生，不過，千旭此刻應該也覺得她很陌生吧！不是兩個人變了，而是，他們終於撕開了包裹著自己的面具。

「沒有，我們是和平交易，沒有血腥、沒有欺詐。公主已經有深愛的男朋友，她不願嫁到奧丁聯邦來，我則是一個莫名其妙犯了死罪的死刑犯，公主給我活下去的機會，我代替她嫁到奧丁來，兩人各取所需，達成交易……」

洛倫把自己和公主的交易從頭到尾講述了一遍。

千旭問：「妳不知道公主去了哪裡？」

「不知道，只知道她肯定和穆醫生在一起，應該會很幸福吧！」

「他們想叫妳永遠做洛倫公主？」

「嗯，穆醫生說只要沒有人懷疑，我可以永遠都是洛倫公主。」

「十年了，妳已經成功騙過所有人，為什麼……要說出來？」千旭深邃的眼睛內風雲變幻，就像是有什麼東西在裡面翻湧奔騰，想要不顧一切地衝出來。

是啊！已經騙過了所有人！

雖然身分是假的，可十年來的每一天是真的，所有的付出和努力是真的，她在阿麗卡塔得到的一切，不屬於洛倫公主，只屬於她。

「因為……」洛倫跪坐在地上，仰頭看著千旭。

夕陽的餘暉已經散盡，漸漸黑沉的天色中，他孤身而立、滿身蒼涼，就像站在四野空曠的荒原上，不知來處，也不知去處。

洛倫緩緩站起，慢慢走到千旭面前。

千旭沒有再刻意退避，身體緊繃僵硬，漆黑的眼睛像漫無邊際的夜色一般深不見底。

洛倫雙眸清亮，彷若劃破夜色的璀璨星光，「因為我不想再欺騙你，因為我想真正瞭解你，因為……」

「嘀嘀」的蜂鳴聲突然響起。

千旭好像如夢初醒，立即往後大退一步，拉遠了兩人的距離。

洛倫心慌意亂地低頭看個人終端機，發現來電顯示是辰砂。

她心中一驚，深吸了口氣，才接通音訊：「有事嗎？」

「封林要我護送妳回家。」

「不用了，有保鏢。」

「我在宿舍樓下。」

洛倫困惑，什麼意思？突然反應過來，辰砂在千旭的宿舍樓下！

她可沒膽子讓辰砂等，急忙說：「我立刻下去。」

洛倫掛斷音訊，對千旭說：「不管你的決定是什麼，我都接受。」

生命的確可貴，但是，變幻無常的生命中，總有些事、總有些人，值得以命相搏。她像他一樣，把殺死自己的槍放在了對方的掌心，將生死懸在對方的一念之間。

命運詭祕難測，渺小的她既然不甘心，想要掙脫強大的命運，只能拚上全部，輸贏她都認！

千旭沒有絲毫反應，依舊面無表情。

洛倫心情黯然，低著頭匆匆往外走。兩人擦身而過時，千旭猛地抓住她，洛倫身子一僵，回頭看他。

「剛才的故事，只是一個故事！」

「什麼？」

「不要再對任何人講這個故事，我也會全部忘掉。妳什麼都沒說過，我什麼都沒聽到！」

背光的夜色中，千旭的面容隱在黑暗中，什麼都看不清楚。他的聲音又冷又硬，清晰得像是刀刮骨，一下下銳利地刺到洛倫的耳朵裡，她的心卻一下子安定了。

即使知道她是越獄的死囚犯，即使知道她欺騙了整個奧丁聯邦，千旭仍然選擇了保密！

洛倫展顏而笑，「放心吧！我又不是傻子，怎麼會隨便告訴別人這種事？不過……」她咬了咬唇，一字字強調：「我說了，你聽了！不許你忘記！」

千旭身子一僵，像是握著的手臂燙到了他，猛地放開洛倫。

洛倫有一肚子話要說，可是想到辰砂就在樓下，不敢再耽擱，「我先走了，回頭再來找你。」

＊＊＊

洛倫衝出宿舍大樓，看到停在路邊的飛車。

她腳步輕快地跑過去，點頭哈腰地鑽進車裡，陪著笑說：「不好意思。」

辰砂打量了她一眼，「千旭不和妳絕交了？」

「還沒有說服他，不過，算是有一個不錯的開端。」洛倫心裡一動，突然問：「如果你是千旭，會原諒我的欺騙嗎？」

辰砂冷冷說：「我不是他。」

「我是說如果！」

「沒有如果！」

洛倫洩氣，覺得簡直完全無法溝通，悶悶地轉過頭，趴在車窗上欣賞外面的景色。

寂靜中，辰砂的聲音突然響起：「我憎惡欺騙，不原諒欺騙。」

洛倫的心咯噔一下，驟然間全身發寒。

她緩緩轉過頭，「有時候不是誠心想撒謊，只是無可奈何。」

「撒謊者的無可奈何歸根結柢都是一己之私，為了自己，欺騙他人。」

洛倫無話反駁，因為辰砂說的很對；所有謊言不管有多少無可奈何、被逼無奈，最終都是因為一己私欲。

其實，這個問題她壓根不該問，辰砂做事直來直往，這樣的人不會、也不屑欺騙別人，自然也憎惡別人的欺騙。

辰砂看洛倫臉色難看，硬邦邦地說：「我只是回答問題，不是針對妳，妳欺騙的人不是我。」

洛倫笑了笑，自嘲地說：「我明白，只要我別騙你，你不會關心我做什麼。」

辰砂沉默。

洛倫打起精神，問道：「我聽說軍隊裡有迅速提升體能的方法，真的嗎？」

「是有專門的特訓。」

「如果我想參加，該怎麼申請？」

辰砂說：「在任何一個星國，A級體能的特訓都是機密，我和妳的法律關係不適合做決定，我可以幫妳問一下執政官。」

「不用了，我自己去問。」她和辰砂只是假夫妻，還是建立在彌天大謊上的假夫妻，能不欠人情還是不要欠好。

＊　＊　＊

回到斯拜達宮，洛倫換了件衣服，化了點淡妝，打扮得整整齊齊後去拜訪執政官。

來開門的是安達，洛倫很憂鬱。

對這位耳朵尖尖、表情嚴肅、手段強硬的總管，洛倫一直以來都是能迴避就迴避。畢竟，當初剛到奧丁，就被他略施小計玩弄一番，仍然心有餘悸。

她硬著頭皮，客氣地說明來意：「我有點事想見執政官。」

安達正想毫不客氣地拒絕，兩隻尖耳朵抖了抖，表情微變。他拉開門，讓到一旁，「執政官在閱覽室，請進！」

寬廣幽深的大廳裡，異樣的安靜。

洛倫清晰地聽到自己每一步的足音，天頂上的復古吊燈讓一切影影綽綽。不知道是冷氣開得太強，還是心理作用，她覺得好像被什麼東西盯著，莫名得心生寒意。

她加快腳步，幸好，燈突然變得明亮起來，驅散了幾分冷意。

洛倫站在厚重的仿古雕花木門前，想到要單獨面對那位沒有溫度的面具人，心裡還是一陣慌。

她醞釀了一下情緒，才微笑著敲門。

兩扇大門緩緩打開。

橘黃的燈光下，執政官穿著黑色的兜帽長袍，正在伏案疾書，應該是一份份必須要他親筆簽名的文件。

洛倫站在他的背後，看著他做這麼有人氣的事，覺得一切都好像很正常。

「讓妳久等了。」

他放下筆，轉身的那一瞬間，洛倫幾乎覺得她會看到一張正常的臉，但是，是一張冰冷的銀色面具。

洛倫低下頭，屈膝行禮，「執政官。」

他站起來，抬起手，做了一個邀請的姿勢，手上戴著黑色的手套，一寸肌膚都沒有裸露。

洛倫跟著他坐到窗戶旁的椅子上。

執政官為她斟了一杯茶，「是阿爾帝國的特產，據說基因傳自古地球時代的名貴品種。」

洛倫發現只有她面前有茶杯，執政官面前什麼都沒有。她下意識地瞟了一眼他的面具，只在眼睛的部位有兩個洞，自然不可能喝茶了。

執政官顯然察覺了她的小動作，「很抱歉，沒辦法陪妳一起飲茶。」

「沒……沒關係。」洛倫的小心思被窺破，十分尷尬窘迫。

她緊張地端起茶就往嘴邊送，執政官突然伸手，握住她的手腕，輕輕一觸，又很快收回去，可已經足以讓洛倫僵化了。

「很燙。」執政官平靜地說。

洛倫這才覺得手裡的杯子滾燙，忙不迭地把杯子放下，悄悄在桌子底下甩手。

執政官夾了塊冰塊遞給她，洛倫下意識地接過，熱呼呼的手指總算涼快下來。

執政官問：「妳為什麼要見我？」

「我想申請參加A級體能特訓。」

「妳從事的工作對體能沒有特殊要求，我看不到妳需要迫切提升體能的原因。當然，如果妳給我一個足夠的理由，我會考慮。」

「我……」

「妳只有一次機會。」

洛倫把已經到嘴邊的假話吞回去，想了想，決定說真話：「為了一個人。」

執政官靜靜地看著她。

洛倫緊張地說：「我曾經對他承諾，當他發生異變，失去神智時，會把他捆起來，等他恢復神智，但是我太弱了，根本堅持不了十五分鐘。我不想殺他，也不想被他殺，所以我要夠強才行。」

「3A級也敢這麼想嗎？」

洛倫愣了愣後反應過來，執政官以為是辰砂。她有點不安，可捫心自問，如果千旭是3A級，她就會選擇放棄嗎？

「受基因限制，我恐怕沒辦法和他一樣強，但我會盡力縮短我們的實力差距，剩下的那一點點差距……」

想到她和千旭之間橫亙的問題，可不是一點點差距，洛倫突然覺得很酸楚；她既然用了公主的身分活下去，就必須也接受這個身分的束縛。

執政官把已經不燙的茶放到她面前。洛倫低下頭，端起茶杯，藉著喝茶，掩飾情緒。

執政官的面具臉冰冷，咄咄逼人地問：「剩下的那一點差距怎麼辦？」

「我會很努力、很努力……如果還剩下一點差距，希望他也努力想辦法。」她放下茶杯，抬頭笑看執政官，故作輕鬆地說：「兩個人的事要兩個人一起想辦法，只要一起努力，總能克服。」

執政官沉默。

洛倫忐忑地等待，怕打擾到他做決定，想問又不敢問。

過了一會兒，執政官說：「抱歉，我不能同意，妳回去吧！」

洛倫默默地站起，對執政官行了一個標準的屈膝禮後，轉身離開。

很失望，也很難受，但是，這世上沒有人有義務滿足她的願望。

＊　＊　＊

洛倫無精打采地回到公爵府，看到辰砂坐在沙發上，盯著個人終端機的虛擬螢幕皺眉沉思，像是剛和人通完話。

她無心過問，打了個招呼，就想進房間。

辰砂神色淡淡地說：「執政官要我幫妳特訓。」

「啊？」

「執政官說『名額有限，就不要讓公主來占用軍隊資源了，你來幫她特訓』。」

執政官竟然在關了門後，給她留了扇窗戶？洛倫十分詫異，「你的意思是執政官批准你幫我特訓？」

「對。」

洛倫克制著心動拒絕了，「不用了，我還是按部就班慢慢來吧！」

「妳不是很想成為A級體能者嗎？為什麼不肯接受我幫妳特訓？」

「因為……」洛倫欲言又止，低頭看著地面。

辰砂也不催她，靜靜地等著。

一會兒後，洛倫突然抬頭問：「你愛我嗎？」

辰砂愣了愣，說：「不愛。」

「我也不愛你。」

「我知道。」

「十年前，你說過我們是假夫妻……」

辰砂冷斥：「我沒有失憶，說重點！」

「我們離婚，可以嗎？」

「為什麼？」辰砂的表情一如往常，冷淡漠然。

「從一開始，你就不願意娶我，我們婚姻存在的唯一理由就是我的基因。十年來，我一直很配合封林的研究，即使我們離婚了，我依舊是奧丁聯邦的公民，依舊會繼續配合封林的研究。」

「我們婚姻存在的理由，我很清楚，不用妳複述！我在問為什麼？」

「既然大家都不願意，這麼一直做假夫妻，也不是長久之計……」

「因為千旭？」

千旭和辰砂地位懸殊，洛倫不想把他捲進來，但是，面對這樣敏銳犀利的辰砂，她只能開誠布公。

「我的確因為千旭重新審視自己，提前做出了離婚的決定，但就算沒有千旭，我也遲早會結束我們虛假的婚姻。你、我都不是會對命運俯首稱臣的人，我相信，十年前，我在考慮如何擺脫我們的婚姻時，你也肯定考慮過。」洛倫自嘲地說：「當年，你冷臉相對不就是警告我要有自知之明，不要糾纏不清，方便日後結束我們的法律關係嗎？」

辰砂沉默了一會兒，說：「我們的婚姻是利益交換。當年，結婚不是我一個人的決定；現在，離婚也不可能是我一個人的決定。」

洛倫雙眸如寒星璀璨，堅定地說：「只要你同意離婚，我會向其他人證明，我不僅僅是交易來的昂貴貨物，也不僅僅是基因研究的試驗體，我值得奧丁聯邦把我當做真正的奧丁公民對待。」

為了活下去，她假冒公主，欺騙了奧丁聯邦，但從一開始，她就沒打算做一輩子的騙子，更沒打算和辰砂做一輩子的假夫妻。

只不過，她從沒想過這麼早和辰砂攤牌，她知道時機不對、她還太弱，可誰都不知道千旭什麼時候會再變異，她不想等事情發生後再追悔莫及。

辰砂盯著洛倫，心情怪異陌生，耳畔響起執政官的話：「我知道你最初的打算，但公主是蒼鷹，不是金絲雀，再精美的籠子都關不住她。你必須認真考慮一下該怎麼對待公主，還有你從來沒當回事的婚姻。」

「好！我同意離婚！」辰砂面無表情地答應了。

洛倫雙手握拳，興奮地跳起來，「謝謝、謝謝、謝謝！」

「有一個條件。」

「你說。」

「接受我的特訓，把體能提升到A級。」

洛倫本來屏息靜氣地等著辰砂提條件，做好了無論多刁鑽艱難都必須努力完成的準備，可是沒想到辰砂的條件竟然正是她想要的。

「為、為什麼？」

辰砂冷冷說：「逆風而行，不是光有勇氣就夠了，還必須有體能！我的聽力太好了，不希望將來不管走到哪裡，都聽到別人議論我的前妻過得多麼淒慘！」

就因為這個原因？洛倫呆看著辰砂，不知道他這算祝福，還是算詛咒。

辰砂轉過身，朝樓梯走去，「千旭是會變異的異種，想要他接受妳，就要保證自己不會被他吃掉！」

＊　＊　＊

洛倫趁著午飯時間，去宿舍找千旭。

機器人大熊轉著圓鼓鼓的眼睛說：「主人不在家，請稍後來拜訪，或者直接聯絡主人。」

「我可以進去嗎？」

「妳說呢？」大熊竟然翻了個白眼。

洛倫隔著螢幕敲它的頭，發訊息給千旭：「你在基地嗎？我有點事想當面告訴你。」

千旭一直沒有回覆，十幾分鐘後，直接出現在她面前。

洛倫跟著千旭走進屋子，千旭沒邀她坐，而是站在空蕩蕩的客廳裡，冷淡地問：「什麼事？」

洛倫往前走了一步，他立即後退一步，刻意保持距離。

洛倫促狹心起，步步緊逼。

千旭步步後退，一直退到牆壁前。

哎呀！這是要壁咚的節奏嗎？洛倫忍著笑，繼續往前走，「啪」一聲把一隻手撐到牆上。

千旭快若閃電地從另一側滑過，站在了她身後。

洛倫遺憾地做了個鬼臉，轉身笑看千旭，「你好像沒有和女人交往的經驗耶！」

「妳要是沒話說，我走了！」千旭臉色泛紅，眼中滿是惱意。

洛倫不敢再逗他，收斂笑意，鄭重地說：「指揮官答應和我離婚了。」

「什麼？」千旭一臉震驚，像是看瘋子一樣看著洛倫。

洛倫笑意盈盈地說：「我們的婚姻本來就是利益聯姻，他不情、我不願，何況我還是個假貨！從一開始，我和指揮官就約定只做假夫妻，可我們總不能做一輩子假夫妻。昨天我提出離婚，他同意了。」

千旭心緒起伏、眼神複雜。十年時間，他以為他已經夠瞭解她了，但每一次她仍舊會讓他大吃一驚。

「給你。」洛倫攤開手掌，掌心躺著一枚拇指大小的晶瑩石頭，「一個小禮物。」

千旭遲疑地拿起，發現是一枚琥珀，晶瑩的茶色樹脂中包裹著一朵藍色的迷思花。陽光映照下，花瓣四周透出一圈圈光暈，像是時光留下的年輪。

「如果是天然形成、花形這麼完整的花珀，價值不菲。這枚是假的，我自己做的，就買材料花了點錢，還沒有一杯幽藍幽綠貴。」洛倫生怕千旭不肯收，一再強調禮物的微不足道。

「為什麼送我這個？」

「代表我的一個許諾。」洛倫舉起手，做發誓狀，「我保證，盡快把體能提升到A級，如果你以後再發病，絕不用擔心會殺死我。」

千旭把花珀還給洛倫，冷淡地說：「我們以後見面的機會不多，妳送錯人了。」

洛倫伸手，看似要拿回花珀，實際卻握住了千旭的手，「我不是洛倫公主，也即將不是指揮官夫人。如果我只是駱尋，你願意收下這份禮物嗎？」

千旭想要縮回手，洛倫不肯放。

她的手指溫熱，千旭的手指冰涼，冷熱糾纏，互不退讓，無意間都用上了格鬥技巧。

「叮咚」一聲，花珀掉到地上。

洛倫握著疼痛的手，滿臉委屈。

千旭想要問她哪裡痛，又立即克制住，「指揮官位高權重、年輕有為，會是很好的丈夫，妳試著和他好好相處，一定會發現……」

洛倫脆生生地打斷了千旭的囉嗦，「我不喜歡他，我只喜歡你！」

千旭愣住。

星際間，隨著越來越低的結婚率，求歡很常見，求愛卻很少見，尤其在奧丁聯邦。外有戰爭壓力，內有基因病困擾，不管是男人，還是女人，都不願承諾未來，只想追尋旦夕之歡。

「千旭，我只喜歡你！」洛倫看千旭一直沒有反應，鼓足勇氣又表白了一遍。

千旭眼神變幻，最後萬千心思都化作了無奈的悵惘，「我只是個沒有未來的廢人，不值得妳這樣！」

「值得不值得，我自己知道。」洛倫撿起地上的花珀，再次遞給千旭，「你只要回答我，如果我只是駱尋，你願意收下這枚花珀嗎？」

「不願意！」千旭十分乾脆決絕。

洛倫的眼淚在眼眶裡滾來滾去，強忍著才沒有落下，「你騙人！如果你不喜歡我，為什麼不去告發我是假公主？為什麼明知道我在犯罪，還要包庇我？」

「我只是出於朋友的立場，不忍心看著妳死！」

「我不信！」洛倫滿臉倔強，把花珀放在桌上，「等我體能變成A級，和指揮官離婚後，再來找你。」

＊　＊　＊

洛倫無精打采地回到研究院。

一走進辦公室，就看到紫宴坐在她的工作檯前，正在用塔羅牌占卜。

洛倫冷冷說：「你怎麼在這裡？我要工作了，沒事請離開！」

紫宴眨著桃花眼，笑瞇瞇地問：「剛才去哪裡了？」

「我去哪裡需要告訴你嗎？」

「我替妳占卜了一下情感運勢。」紫宴翻開一張塔羅牌，「正義逆位，建議妳迷途知返，不要一錯再錯。」

洛倫冷嘲：「你要不要再拿一個水晶球幫我預測一下未來？」

紫宴意味深長地看著洛倫，「公主，妳可真是藏著不少小祕密呢！」他繼續翻看塔羅牌，「女祭司逆位，如果一意孤行，只怕會惹來災禍。」

洛倫勃然色變，「紫宴，你什麼意思？」

「我想碾死那個男人，易如反掌，但放心，我沒興趣。」紫宴看著手裡剛翻開的一張塔羅牌，淡淡說：「命運之輪逆位，他會禍事不斷，我何必再多事？」

「你胡說八道！」

紫宴嘴角含笑，譏嘲地說：「妳和辰砂的婚姻是阿爾帝國和奧丁聯邦的利益聯姻，那個男人算什麼東西？在兩大星國的利益面前，公主殿下覺得那個男人真有膽量承受命運之輪的逆位嗎？」

洛倫不慍不怒、不卑不亢地說：「他的名字叫千旭，和你一樣是奧丁聯邦的公民，曾為奧丁聯邦浴血奮戰。即使他現在身患疾病，也依舊恪盡職守！我相信，他的勇氣和堅毅不比你和辰砂少！」

紫宴盯著洛倫，一時間竟然被堵得啞口無言。無論貧富、無論貴賤、無論疾病健康，都平等相待，說起來容易，真正能做到的卻沒有幾個。他想起了洛倫說過的「五十步笑百步」，她是打從心底裡不覺得千旭比他們差，就像從不覺得異種比其他人類差。

紫宴猛地移開目光，低下頭，揮揮手，桌上的塔羅牌消失不見，「大概兩三萬年前，人類發現了一顆全是水的小星球，上面有一種外形美麗、心智淳樸的珍稀生物在那生活著，十分像古老傳說中的人魚。全星際的人類都為這種珍稀生物瘋狂，無數人去捕捉牠們，不過千年，這種生物就滅絕了。」

「你想說什麼？」

「妳的基因很珍稀，對奧丁聯邦很重要，但人類自古以來對珍稀東西的傳統都不大好。珍稀的礦產會被開採殆盡，珍稀的物種會被囚禁圈養。」

「你在威脅我？」

紫宴微笑著站起，準備離開，「我只是希望妳不要做自我毀滅的事。請記住，奧丁聯邦有無數男人想強行取用妳的卵子，為自己培育後代！」

「你混蛋！」洛倫隨手抓起手邊的一個東西，砸向紫宴。

一張紫色的塔羅牌擋在紫宴面前，看似小小一片，卻把洛倫扔的東西擊落。

塔羅牌飛到洛倫的脖子前，一端向上翹起，抵著洛倫的咽喉，如一把鋒利的刀刃，散發著噬骨的寒意，逼得洛倫不得不半仰起頭。

紫宴低著頭，漫不經心地撣了撣衣服上根本不存在的灰，「別再侮辱混蛋了！相信我，我的混蛋手段，妳還半分都沒領教過。」

他色如春曉、笑若夏花，朝洛倫眨眨眼，揚長而去。

塔羅牌依舊抵著洛倫的咽喉，洛倫一動也不敢動，直到他消失不見，塔羅牌才嗖一下飛出辦公室。

✴ ✴ ✴

洛倫手足冰冷，捂著脖子，呆呆地站著。

她十分茫然。難道她只能靠著假公主的身分繼續欺騙活下去？難道這些年她的努力完全沒有任何意義？

她打開通訊錄，看著千旭的聯絡號碼。

往常她茫然時，總會第一時間聯絡千旭，只要聽到他淡定溫和的聲音，似乎就沒有什麼大不了，可是現在千旭也很茫然吧！

她把他平靜的生活攪亂了，讓他置身漩渦中，究竟是對是錯？

洛倫拿起桌上的３Ｄ相框，看著她攀登到依拉爾山峰頂後照下的日出圖——初升的太陽從她腳下的皚皚雪山中升起，光輝灑遍連綿起伏的雄渾山脈。

千旭的話迴響在耳邊：「這才是登山最美妙誘人的地方，就像是人生，永遠都沒有辦法計畫，總是會有意料不到的變故。變故不僅僅意味著困難，也意味著與眾不同的風景。登山路上正因為這些變故，才讓人永遠對生命心懷敬畏，期待著下一刻。」

洛倫的心漸漸平靜下來。

以她對千旭的瞭解，他絕不是怕事的人，除了他的病，他更多的顧忌應該是她。

可是，未來究竟會發生什麼事，誰都不知道，永遠不能因為畏懼就裹足不前。

籠子外面很危險，但籠子裡就安全了嗎？

懼怕籠子外會流離失所、會被人傷害、會有致命的暴風雪、會遇見吞噬自己的天敵，所以收攏翅膀，安逸地生活在籠子裡。

可是，天底下歸根結柢沒有免費的午餐。

籠子裡的安逸也不是白得的，要放棄飛翔的自由，要察言觀色，要乖巧聽話，要擔心籠子的主人翻臉無情，還要擔心發生意外籠子破碎。

籠子裡、籠子外，都是生存！都有危險！

很難說哪種生存更好，哪種危險更有可能發生。

但是，籠子外自己能抗爭、左右、決定結果，籠子內卻只能看人臉色、任人擺布。

「嘀嘀」的蜂鳴聲突然響起，來電顯示是封林，洛倫按了接通。

穿著白色工作服的封林出現在她面前，神情嚴肅地問：「我收到妳的請假申請了，為什麼突然要請假六個月？妳要去哪裡？」

「辰砂和我有點事，要去一趟大雙子星。」

封林如釋重負，「剛才紫宴來找我，要我留意妳和……哎！反正妳和辰砂在一起就好！」

洛倫輕聲問：「妳是我最好的朋友，如果我和辰砂離婚，妳會支持我嗎？」

「因為妳也是我最好的朋友，所以我堅決不支持妳和辰砂離婚。」封林勉強地笑笑，柔聲說：「不要胡思亂想了，趁著這次出去，和辰砂好好相處。將來妳就會知道，在幾百年的壽命中，很多事都會隨著時間過去的。」

「真的嗎？如果很多事都會隨著時間過去，那妳為什麼和左丘白大法官說話時，總會變得格外尖銳？」

封林的臉色一下子變了，惱怒地瞪著洛倫。

「我錯了！」洛倫忙舉起拳頭砸自己的頭，表示悔過。

封林一言不發地切斷了視訊。

洛倫歎氣；封林煲的雞湯連自己都治癒不了。她還沒提楚墨，只是提了一下左丘白，封林居然就生氣了。

洛倫發訊息給辰砂：「封林批准我的假期了。」不管是千旭的病，還是紫宴口中的危險，把體能提升到A級總不會錯。

辰砂回覆：「我還要處理一點事，明天出發。」

洛倫又發訊息給千旭：「花兒不會因為明日枯萎，今日就不開花。不要因為擔心明日的我，拒絕今日的我。」

一直到第二天，洛倫上飛船，千旭都沒有回覆。

——散落星河的記憶：第一部【迷失】上卷卷終

茶蘼坊41

作　　者　桐　華

總 編 輯　張瑩瑩
副總編輯　蔡麗真

責任編輯　蔡麗真
協力編輯　黃怡瑗
美術設計　洪素貞 (suzan1009@gmail.com)
封面設計　周家瑤
行銷企畫　林麗紅

社　　長　郭重興
發行人兼出版總監　曾大福
出　　版　野人文化股份有限公司
發　　行　遠足文化事業股份有限公司
地址：231 新北市新店區民權路 108-2 號 9 樓
電話：（02）2218-1417　傳真：（02）8667-1065
電子信箱：service@bookrep.com.tw
網址：www.bookrep.com.tw
郵撥帳號：19504465 遠足文化事業股份有限公司
客服專線：0800-221-029
法律顧問　華洋法律事務所　蘇文生律師
印　　製　成陽印刷股份有限公司
初　　版　2017 年 9 月

散落星河的記憶

第一部 迷失 上

歡迎團體訂購，另有優惠，請洽業務部（02）22181417 分機 1124、1126

國家圖書館出版品預行編目 (CIP) 資料

散落星河的記憶 / 桐華著 . -- 初版 . -- 新北市 : 野人文化出版 : 遠足文化發行 , 2017.09
冊 ;　公分 . -- (茶蘼坊 ; 41-42)
ISBN 978-986-384-230-9(全套 : 平裝)

857.7　　106014723

散落星河的記憶

線上讀者回函專用 QR CODE，您的寶貴意見，將是我們進步的最大動力。